MORTON RHUE

GIB POWER!

ROMAN

Aus dem Amerikanischen von Eike Schönfeld

CIP-Kurztitelaufnahme der Deutschen Bibliothek

Rhue, Morton:
Gib power!: Roman / Morton Rhue. [Übers. aus
d. Amerikan.: Eike Schönfeld]. –
München: F. Schneider, 1986.
  (Edition Pestum)
  Einheitssacht.: Turn it up ‹dt.›
  ISBN 3-505-09418-8

© 1986 für die deutsche Ausgabe
by Franz Schneider Verlag GmbH
8000 München 46 · Frankfurter Ring 150
Alle Rechte dieser Ausgabe vorbehalten
Übersetzung aus dem Amerikanischen: Eike Schönfeld
Originaltitel: TURN IT UP
Copyright © 1984 by Todd Strasser/Morton Rhue
„Published by arrangement with Dell Publishing Co., Inc., New York,
N. Y., U.S.A."
Umschlagbild: Christian Dekelver, Weinstadt
Umschlaggestaltung: Angelika Bachmann, München
Lektorat: Helga Wegener-Olbricht
Herstellung: Brigitte Matschl
Satz/Druck: Presse-Druck Augsburg
ISBN: 3 505 09418-8
Bestell-Nr.: 9418

1

Es war ein warmer, sonniger Oktobernachmittag, als Gary Specter an einem ernsten Fall von Verwirrnis litt. Er hätte Basketball spielen oder zu Hause Gitarre üben können, statt dessen aber suchte er die Second Avenue nach der Eisdiele *Das Schlupfloch* ab. Er fand sie an der Stelle, wo früher eine alte Schusterwerkstatt gewesen war. Den alten Laden hatte man abgerissen und einen neuen hingestellt mit Glastüren und kleinen Caféhaustischchen davor, an denen ein paar Gäste saßen und Eis aßen.

Gary stieß eine der Türen auf. Drinnen gab es mehr Tische, einen neuen rotgekachelten Fußboden und Reiseposter an der Wand. Oscar Roginoff, der Keyboarder in Garys Band, saß an einem Tisch und las in einer Zeitschrift. Garys Cousine Susan hockte hinter einer gewienerten Glasvitrine, sie trug ein rot-weiß gestreiftes Jackett und ein dazu passendes Käppi.

Gary ging zu der Vitrine vor. „Jetzt hast du's also tatsächlich gemacht", sagte er.

„Na klar", erwiderte Susan lässig und knabberte an einem

Löffel Schokoladen-Marshmallow-Eis. Ihre welligen blonden Haare hatte sie zu einem Pferdeschwanz zusammengebunden.

„Und warum?" fragte Gary.

„Weil ich nicht mehr auf die Penne gehe und endlich sehen will, wie's so mit einem richtigen Job geht", sagte seine Cousine.

„Und wann willst du Baß üben und mit der Band proben?" wollte Gary wissen.

„Das schaffe ich schon", sagte Susan. Sie schwenkte den Löffel durch den Laden. „Ist doch keine große Sache. Ich verkaufe ja nur Eis."

„Und wenn wir mal eine Tournee weiter weg kriegen oder so, hörst du dann auf?" bohrte Gary weiter.

„Ha!" platzte Oscar heraus. Gary drehte sich zu ihm um. „Eine Tournee weiter weg?" sagte der Keyboarder. „Wir kriegen nicht mal eine Tournee nebenan. Schon eine Null-Talent-Kaugummi-Truppe mit keinen drei Griffen drauf wie die Zoomies bringt da mehr auf die Beine."

„Was soll das denn heißen?" fragte Gary.

Oscar stand auf und reichte Gary die Zeitschrift, die er studiert hatte. Es war der *Billboard*, das wichtigste Blatt im Musikgeschäft. „Lies mal auf Seite 48!"

„Und warum?"

„Lies doch, dann wirst du's schon sehen!"

Während Gary sich hinsetzte und las, ging Oscar an die Theke. Er und Karl Roesch, der Drummer der Band, waren in der letzten Klasse des Lenox-Privatgymnasiums, und er trug seine Schulsachen – blauer Blazer und graue Flanellhosen. Obwohl er erst siebzehn war, gingen ihm mitten auf dem Kopf schon die Haare aus.

„Was kostet ein Freieis?" fragte er.

„Ich darf eigentlich keins ausgeben", gab Susan zurück.

„Nicht mal so einem süßen, kleinen Tastengenie wie mir?"

Susan rollte mit den Augen. „Na gut, Oscar, welchen Geschmack?"

„Wie wär's mit 'ner Portion Vanilleeis mit Schokoladenraspeln und Nüssen und Karamelsirup drüber?"

Gary kicherte. „Du bist echt das Letzte, Oscar."

Der Keyborder wandte sich zu ihm. „Bist du schon auf Seite 48?"

„Schon dabei." Gary schlug die Seite auf, wo ihm die Schlagzeile in die Augen fiel:

ZOOMIES AUF TOURNEE
New York. – Die Zoomies, eine Popband aus Gotham, stehen kurz vor der Veröffentlichung ihrer ersten LP, „Zoo Time". Die Platte soll Ende des Monats bei Phantom Records erscheinen. Die Band geht auf Promotion-Tour durch 15 Staaten ...

Gary legte die Zeitschrift nieder. „Nicht zu fassen."

„Siehst du?" sagte Oscar. „Die Zoomies, eine Band mit weniger Talent als ich im kleinen Finger habe. Die haben wir doch jedesmal an die Wand gespielt, wenn wir zusammen aufgetreten sind. Und jetzt haben sie eine LP und gehen auf Tournee!"

Gary rieb sich das Kinn. Das waren sehr uncoole Neuigkeiten. Seine Band, Gary Specter and the Coming Attractions Plus Oscar, war doppelt so gut wie die Zoomies. Wie sind sie bloß an den Plattenvertrag gekommen?

Susan reichte Oscar das Eis.

„Das soll ein Eisbecher sein?" fragte Oscar und starrte auf die Schale. „Da braucht man ja 'ne Lupe dazu."

„Einem geschenkten Gaul... du weißt ja. Aber wenn's dir nicht paßt, kannst du's zurückgeben."

Doch Oscar wich schnell von der Theke zurück und machte sich mit dem Plastiklöffel über das Eis her. Gary starrte noch immer auf die *Billboard*-Meldung.

„Und was hat unsere Band inzwischen geleistet?" fragte Oscar. Er zählte an den Fingern ab. „Also, wir haben gespielt auf Schulfeten, Straßenmärkten, wochenlang, haben bis zum Umfallen gespielt und sind keinen Schritt weitergekommen. Ich wiederhole: keinen Schritt!"

„Wenn die Zoomies einen Vertrag kriegen, dann kriegen wir auch einen", sagte Gary.

Oscar lachte. „Ach wirklich? Und wie stellst du dir das vor? Glaubst du, daß mitten in der Nacht die gute Rock-Fee ankommt und mit ihrem Zauberstab fuchtelt? Ist dir klar, daß wir in den letzten vier Monaten ständig in den letzten Schuppen gespielt haben? Gut, unsere Fans finden uns toll. Aber wenn wir so toll sind, warum haben wir dann noch keinen Plattenvertrag? Und warum kommen wir nicht in die richtig guten Clubs?"

Gary zuckte nur mit den Schultern. Seit Wochen stellte er sich dieselben Fragen. Was war das Geheimmittel, das aus einer guten Vorstadtgruppe eine Band machte, die jeder kannte? Was mußten sie anstellen, um an einen Vertrag und ein Video im Fernsehen heranzukommen? Es war ihnen ernst. Sie hatten eigene Stücke und machten gute Bühnenarbeit. Gruppen mit viel weniger Talent kamen im Fernsehen und waren Vorgruppen bei den Konzerten der ganz Großen. Und dann die Zoomies! Die Jungs konnten doch keinen Ton halten, auch wenn man ihn auf dem Silbertablett anbrachte. Gary schüttelte den Kopf. Man konnte wahnsinnig bei dem Gedanken werden, daß sie einen Vertrag hatten und die Coming Attractions nicht.

Oscar setzte sich an einen Tisch am anderen Ende des Eiscafés, verschränkte die Arme und setzte eine grimmige Miene auf. Gary seufzte. Was einen dazu noch die Wände hochtrieb, war ein launischer Keyboarder, der sich zu viel beklagte.

Die Tür der Eisdiele ging auf, und zwei Mädchen kamen herein. Sie waren beide groß und hatten Legwarmer und Sweatshirts an. Beide trugen große Nylontaschen, die bis zum Platzen voll waren.

Gary machte Augen und vergaß Oscar. Er lehnte sich in seinem Stuhl zurück und betrachtete ruhig die beiden Mädchen. Sie waren sehr schlank, geschickt geschminkt und sahen wirklich gut aus. Eine hatte ihre Haare zu einem Knoten gedreht. Die kastanienbraunen Haare der anderen fielen frei über die Schultern. Als sie ihr Eis bei Susan bestellten, warf das Mädchen mit den langen Haaren Gary einen kurzen Blick zu. Garys Augen aber waren wie festgenagelt an ihr. Gut aussehend? Die Frau war Klasse.

Die Mädchen bezahlten und gingen. Als sie kurz vor der Tür waren, flüsterte die eine etwas, und die andere kicherte. Beim Hinausgehen blickte die Langhaarige Gary noch einmal kurz an – und weg war sie.

Für gewöhnlich machte Oscar sich nicht viel aus Mädchen, aber sobald sie gegangen waren, drehte er sich um und schaute ihnen durchs Fenster nach, bis sie nicht mehr zu sehen waren.

„Ripton-Mädchen", sagte Susan und meinte damit eine höhere Mädchenschule in der Nähe. „Ich glaube, sie haben Tanzunterricht irgendwo in der Gegend."

„Da könnten wir vielleicht bei ihnen mal spielen", sagte Oscar.

„Aber Oscar, ich dachte, du wolltest keine Schulgigs mehr

machen", meinte Gary.

„Stimmt", antwortete der Keyboarder. „Aber bei denen mache ich eine Ausnahme."

2

Klong! Klong! Klong! Es klang, als ob einer die Tür mit dem Vorschlaghammer bearbeitete. „Aufwachen, Mr. Rockstar!"

Gary rollte sich zusammen und zog sich das Kissen über den Kopf.

„Ähm, Mr. Rockstar, ein Anruf für Sie."

Gary öffnete langsam die Augen.

„Gary?" rief seine Mutter.

„Schon gut, schon gut. Bin ja schon da", murmelte Gary benommen. Er drehte sich um und öffnete die Augen. Das Zimmer war dunkel und düster. Die Vorhänge waren zu, aber durch einen Schlitz zwischen Vorhang und Fensterbrett konnte er helles Tageslicht ausmachen. Der Wecker auf seinem Nachttischchen stand auf halb vier.

„Soll ich sagen, sie sollen es später noch mal versuchen?" fragte seine Mutter.

„Nein, nein, ich komme ja schon!" Gary fischte sich ein Haar aus den Augen und kroch aus dem Bett. Er zog seine Jeans an, die auf dem Fußboden lagen. Noch immer im Halbschlaf, stolperte er zur Tür, wobei er versuchte, nicht auf die Gitarren und Aufnahmegeräte zu treten, die im Zimmer verstreut lagen.

Seine Mutter, die draußen im Flur wartete, trug einen gestärkten hellblauen Zahnarztkittel und weiße Socken und Schuhe. Sie war wohl für einen der Assistenten seines Vaters eingesprungen, der im Erdgeschoß eine Praxis hatte.

„Morgen, Mam", gähnte Gary, als er an ihr vorbei zur Küche hinunterging.

„Morgen?" sagte Mrs. Specter, während sie ihm folgte.

„Meiner Meinung nach ist jener Zeitraum bei weitem überschritten, den normale Leute als Morgen bezeichnen. Es ist nämlich halb vier Uhr nachmittags. Hoffentlich ist das nicht zu früh für dich."

„Sehr witzig, Mam." Gary gähnte wieder. Er ging durch die Küche und nahm den Telefonhörer vom Küchentisch auf. „Hallo?"

„Tut mir leid, wenn ich dich aufgeweckt habe." Es war Mrs. Roesch, die Managerin der Coming Attractions und die Mutter von Karl, dem Drummer der Band.

„Schon gut", sagte Gary. „Ich wollte sowieso grade aufstehn. Ich schlaf nicht gern länger als bis vier!" Er zwinkerte seiner Mutter zu, die sich an den Küchentisch setzte und eine Tasse Kaffee aus der Kaffeemaschine eingoß. Sie war gespannt, was ihr Sohn da so redete. Gary dehnte das Telefonkabel so weit von ihr weg, wie es ging.

„Ich wollte dir nur sagen, daß ich für morgen einen Termin für dich und Karl bei Rick Jones von Multigram Records habe", sagte Mrs. Roesch.

„Stark. Und wann?" fragte Gary.

„Ja, ich glaube, er sagte vier Uhr. Ich hatte es eben noch da. Sekunde mal."

„Okay." Gary konnte Papiergeraschel und das Gemurmel von Karls Mutter hören.

„Da haben wir's." Mrs. Roesch meldete sich wieder. „Vier Uhr dreißig Treffen mit Rick Jones. Und ich will alles darüber am Samstag erfahren, wenn ihr in der *Fledermaus* spielt."

„Wir haben schon letztes Wochenende in der *Fledermaus* gespielt", sagte Gary.

„Ach ja, richtig. Dann seid ihr dieses Wochenende im *Bambule.*"

„Nein, das ist nächstes Wochenende", sagte Gary. „Am kommenden sind wir im *Bunker.*"

„Ja, klar", sagte Mrs. Roesch schnell. „Okay, bis dann also." Sie legte auf.

Gary legte den Hörer zurück auf die Gabel und schüttelte den Kopf. Wie konnte sie es nur hier unten auf der Erde aushalten, wenn ihr Kopf immer irgendwo über den Wolken war? fragte er sich. Als sich nicht gleich eine Antwort einstellte, ging er zum Kühlschrank und nahm den Krug Orangensaft heraus. Er spürte die Augen seiner Mutter auf sich.

„So, das war also eure Managerin", sagte sie von ihrem Küchenhocker herüber. „Die mit ihrem Sohn Pot raucht!"

„Vielleicht tut sie's, vielleicht auch nicht, Mam", sagte Gary und nahm ein Glas aus dem Schrank. „Es gab mal 'ne Zeit, da standen Eltern auf so was."

„Aber gewiß", lachte seine Mutter. „Ich sehe uns beide schon an einem sonnigen Nachmittag auf der Terrasse sitzen und zusammen Pot rauchen. Vielleicht gäb's dann noch Plätzchen und ein wenig Leim zum Schnüffeln."

Gary verzog den Mund zu einem Lächeln und goß sich Orangensaft ein.

„Also, was hat sie gesagt?"

Gary kippte den Saft hinunter und lehnte sich mit verschränkten Armen an die Spüle. „Könntest du mir vielleicht erklären, warum du das unbedingt wissen mußt? Kann ich mich nicht mal am Telefon unterhalten, ohne anschließend jedes Wort für dich wiederholen zu müssen?"

Mrs. Specter tat überrascht. „Ich hab ja nur gefragt,

Gary. Meine Güte, was ist denn so schlimm daran? Wenn du es mir nicht sagen willst, dann brauchst du's auch nicht. Ich möchte natürlich gern wissen, was du verbirgst."

Manchmal ziehst du einfach den kürzeren, dachte Gary und wischte sich die letzten Spuren Schlaf aus den Augen. „Also gut, wenn du's unbedingt wissen mußt, sie hat 'nen Termin für Karl und mich morgen bei so 'nem Promotyp von 'ner Plattenfirma arrangiert."

„Ein Promotyp?"

„Promo heißt Promotion", erklärte Gary. „Im Grund ist er ein Talentsucher, der nach neuen Bands Ausschau hält. Bist du jetzt zufrieden?"

„Gary, ich bin nur neugierig, weil ich mir Sorgen um dich mache", antwortete seine Mutter. „Die wenigsten Mütter haben einen Sohn, der bis vier Uhr nachmittags schläft."

„Na klar, aber die wenigsten Mütter haben auch einen Musiker als Sohn", sagte Gary. „Wenn man Musik macht, schläft man am Tag und arbeitet nachts. So läuft das Geschäft einfach."

Mrs. Specter runzelte die Stirn. „Von was für einem Geschäft redest du? Welche Arbeit? Das einzige, was du tust, ist tagsüber schlafen und nachts Musik spielen. Das nennst du Arbeit?"

Bevor Gary antworten konnte, war seine Mutter schon beim nächsten Thema. „Und was ich auch noch wissen will: Wie kannst du dir die ganzen Aufnahmegeräte in deinem Zimmer leisten? Du handelst doch nicht mit Drogen, oder?"

Gary seufzte. Seine Mutter war überzeugt, daß praktisch jeder unter dreißig entweder ein Dealer oder süchtig war. Du brauchst nur etwas schlaff daherkommen oder rot unterlaufene Augen haben, und du bist automatisch verdächtig. Zur Zeit war sie davon überzeugt, daß der Postbote ein Pusher und die Sprechstundenhilfe samt der Hälfte der

Assistenten unten in der Praxis seines Vaters süchtig waren.

„Ich weiß, du glaubst das nicht", sagte Gary. „Aber tatsächlich verdiene ich bei den Clubgigs Geld. Und davon hab ich mir die Ausrüstung gekauft."

Seine Mutter beäugte ihn skeptisch, sagte aber nichts. Statt dessen goß sie sich noch einen Kaffee ein. Wenn Koffein verboten wird, dachte Gary, bringt sie's leicht auf 200 Dollar am Tag. Und die redet von Süchtigen.

In der Stille, die folgte, hörte er Geräusche von unten aus der Praxis kommen. Ein Telefon klingelte, und das hochtourige Sirren des Bohrers war zu vernehmen. Dann schrie jemand vor Schmerz laut auf, und der Bohrer stoppte. „Hat das weh getan?" hörte er seinen Vater fragen.

Gary schenkte sich noch etwas Orangensaft ein und blickte seine Mutter an. „Sieh mal, Mam, du wolltest, daß ich die Schule zu Ende mache, das habe ich getan. Aber jetzt will ich einfach Musik machen. Das ist das einzige, was ich wirklich gern mache, ja?"

„Aber denk doch mal an deine Zukunft. Wovon willst du denn einmal eine Frau ernähren? Wie willst du eine Familie versorgen? Was sollen sie den ganzen Tag anfangen, wenn du schläfst, und nachts, wenn du in irgendeinem Club bist?"

Gary schaute zu Boden. „Ich sag dir das nicht gern, Mam. Ich bin erst achtzehn. Ich denke noch nicht an Heiraten. Ich hab ja noch nicht mal 'ne Freundin."

„Vielleicht hättest du eine, wenn du nicht ganz so oft Rock spielen würdest", schlug seine Mutter vor.

Gary sah sich schon im Gerichtssaal, wie er zu erklären versuchte, warum er seine Mutter mit der Telefonschnur erdrosselt hatte. *Ich schwöre es, seit meiner Entscheidung, nicht auf die Universität zu gehen, hat sie mich wahnsinnig gemacht.* An allem war der Rock schuld. Wenn er seine Ausbildung nicht fortsetzte, lag's am Rock. Wenn er keine

Freundin hatte, dann wegen Rock. Er konnte morgens mit einem Pickel auf der Nase aufwachen, es war der Rock.

Gary stellte das Glas in die Spüle und den Saftkrug in den Kühlschrank. Dann wandte er sich zu seiner Mutter und sagte: „Ich gehe jetzt nach oben und übe Gitarre. Danach verkaufe ich dem Postboten wahrscheinlich ein paar Drogen, damit ich Frau und Kind zum Essen ausführen kann."

„Sehr komisch", sagte seine Mutter, als er die Küche verließ.

3

Man hat's nicht leicht, dachte Gary, als er am nächsten Mittag aus dem Haus in Richtung Multigram Records ging. Es war kälter geworden, und Wind war aufgekommen, und Gary trug seine alte lederne Fliegerjacke. Nein, es war nicht einfach, wenn einen ständig Leute wie Oscar und seine Mutter nervten. Er wollte bessere Gigs, sie überhaupt keine. Er wollte, daß die Band berühmt wurde, sie, daß er das Ganze aufgab. Das einzige, worin die beiden übereinstimmten, war, daß es mit der Band so nicht weitergehen konnte.

Gary blieb an einer Straßenecke stehen und besah sich die umliegenden Gebäude, aber das, wonach er suchte, war nicht darunter. Er ging weiter.

Nicht daß die Band keine Arbeit fand. Fast jedes Wochenende hatten sie einen Auftritt. Nur hatte es sich Gary eigentlich immer so vorgestellt, daß sie mittlerweile auch einmal eine LP aufnehmen und auf Tour gehen könnten. Er und Susan waren deswegen nicht aufs College gegangen. Doch inzwischen war es Oktober, und von einer LP oder einer Tour war nichts zu sehen. Es bestand nicht einmal die Aussicht auf eine LP.

An der nächsten Kreuzung hielt er wieder an und schaute sich um. Auch hier war nichts. Wieder ging er weiter.

Langsam wird's stressig, dachte er. Das war nicht mehr das Gymnasium. Das war das wahre Leben. Zu schade, daß es da nirgends einen Rock-Berater gab, der einem sagte, wo's langging. Er hatte das dumpfe Gefühl, daß es Ärger geben würde, wenn nicht bald etwas geschah.

Dann sah er auf einmal einen großen häßlichen Backsteinbau mit Türmchen, gebogenen Fenstern und einem schiefen schwarzen Dach. Das war jedenfalls die Ripton-Schule. Er hatte immer gewußt, daß es irgendwo in der Nähe war, sich aber nie darum gekümmert, wo genau. Als er einen Schwarm Mädchen beobachtete, die aus den großen hölzernen Türen kamen, ertappte er sich dabei, wie er an das hübsche Mädchen mit den kastanienbraunen Haaren dachte, das in der Eisdiele gewesen war.

Wäre nicht schlecht, sie wiederzusehen. Wenn seine Mutter sagte, daß er eine Freundin haben könnte, wenn er nicht so viel Zeit mit seiner Musik verbringen würde, dann wußte sie vielleicht gar nicht, wie nahe sie damit der Wahrheit war. Die letzten drei Jahre war er vollauf damit beschäftigt gewesen, zur Schule zu gehen, Musik zu machen und die Band zusammenzuhalten. Er hatte einfach keine Zeit für Mädchen gehabt. Jetzt aber lag die Schule hinter ihm, und die Band war in eine Routine aus Proben und Auftritten in der nahen Umgebung geraten. Jetzt war alles anders.

Er blieb noch einen Moment stehen, als hoffte er, das Mädchen mit den langen kastanienbraunen Haaren würde in der Tür erscheinen. Schließlich ging er weiter in Richtung des U-Bahnhofs Lexington Avenue. Nun, da er wußte, wo die Schule war, vielleicht gab es eine Möglichkeit, sie zu sehen? Gary schaute auf die Uhr. Das würde ihn später beschäftigen. Für den Augenblick hatte er einen Termin.

Karl erwartete ihn schon in der Eingangshalle des Multigram-Hauses. Er war ein großer, schlaksiger Junge mit einer schweren Akne und roten Haaren, die einmal lang und zottelig, jetzt aber ganz kurz geschnitten waren. Mit seinem alten grünen Armymantel und den abgewetzten Jeans wirkte er inmitten der smarten Geschäftsleute ziemlich fehl am Platz.

„Willkommen im Herzen eines multinationalen Unterhaltungskonglomerats", sagte er, als er Gary sah.

„Nimm dich zusammen, Junge", sagte Gary. „Es könnte unser Durchbruch sein."

„O ja, hab ich das nicht schon mal gehört?" Sie gingen zum Aufzug. „Hast du die Pressesachen dabei?"

Unter dem Arm trug Gary eine Pappmappe mit Berichten über die Gruppe aus der Lokalzeitung sowie ihre selbstproduzierte Single *Rock Therapy* und *Educated Fool*.

„Ich hab gedacht, wir decken ihn mit allem ein, was wir haben", sagte Gary.

„Vielleicht hätten wir unsere Gitarren mitbringen sollen", meinte Karl. „Das wäre doch scharf gewesen. Wir rein ins Büro mit 'ner Stratocaster über der Schulter und machen diesen Schickitypen an: ,Paß auf, du Scheich, entweder meine Truppe kriegt 'nen Plattenvertrag, oder der Hobel da zieht dir 'nen Scheitel.'"

Gary sah ihn groß an. Manchmal hatte Karl reichlich seltsame Ideen. „Das einzige, was du kriegen würdest, wäre einmal Klapsmühle einfach!"

Karl grinste und drückte den oberen Knopf vor dem Aufzug. „Hast du das mit den Zoomies gehört?"

„Oscar hat's mir gezeigt", sagte Gary.

Die silbern glänzenden Aufzugtüren öffneten sich, und sie traten ein.

„Und was hat er dazu gesagt?" fragte Karl, als sich die Türen schlossen.

„Kannst du dir denken", gab Gary zurück. „Er wollte natürlich über Nacht berühmt werden."

Die Stockwerksnummern leuchteten nacheinander auf, während der Fahrstuhl nach oben fuhr. „Er will doch bloß'n Star sein, bevor ihm das letzte Haar ausgegangen ist", sagte Karl. „Mehr ist in dem Geschäft heutzutage nicht drin. Jeder will nur noch schöne Gesichter auf der Bühne und im Videoclip sehen, die Musik kannst du doch vergessen. Weißt du, was das größte Problem unserer Band ist?"

Gary schüttelte den Kopf.

„Das Zeitproblem", sagte Karl. „Weißt du, ich will nicht groß raus, solange meine Haut so aussieht. Und wenn das besser ist, wird Oscar garantiert kahl sein. Aber wenn wir's jetzt schaffen, sieht man meine ganzen Pusteln auf dem Plakat."

„Sonst hast du keine Sorgen?"

„Ey, du hast nie so schlimme Pusteln gehabt. Du weißt nicht, wie das ist."

„Die retuschieren das doch alles weg", meinte Gary.

„Die müßten mein ganzes Gesicht wegretuschieren", sagte Karl.

Der Fahrstuhl stoppte wippend, die Türen gingen auf, und Gary und Karl standen auf einem dicken roten Teppich. Ihnen gegenüber waren große Glastüren mit der Aufschrift Multigram Records, Inc.

Karl sog die Luft tief ein und atmete aus. „Ah, riechst du auch schon das Geld?"

Gary kicherte. „Los jetzt, holen wir uns den Plattenvertrag!" Er öffnete die Tür und betrat das weiße Empfangszimmer.

In der Mitte des Raums saß eine junge Frau mit braunen Krusselhaaren an einem Schreibtisch und tippte. Sie tat so, als merke sie nicht, wie Gary und Karl sich näherten. Das war nicht überraschend. Gary wußte, daß alle Empfangsdamen bei Plattengesellschaften rotzfrech waren. Und das mußten sie auch sein, denn den ganzen Tag über wurden sie von jungen Musikern bombardiert, die alle versuchten, an die wichtigen Leute ranzukommen. Es war ein richtiger Krieg zwischen den hoffnungsvollen Rockern und den geschäftigen Managern der Plattenfirmen, denen die Bands, die sich als die nächsten Rolling Stones fühlten, einfach schnurz waren. In diesem Krieg waren die Empfangsdamen die erste Verteidigungsstellung der Firma.

Gary und Karl bauten sich am Empfang auf. Als die krusselhaarige Empfangsdame sie weiterhin ignorierte, begannen sie sich laut zu räuspern.

Schließlich blickte sie auf und sagte: „Soweit ich weiß, ist Multigram Records diesen Monat nicht an Froschimitationen interessiert."

„Wir sind hier mit Rick Jones verabredet", sagte Karl.

Die Empfangsdame legte ein neues Blatt in die Schreibmaschine ein. „Wer seid ihr?"

„Gary Specter und Karl Roesch von den Coming Attractions Plus Oscar", sagte Gary.

„Eine unglaublich talentierte und fähige Band", fügte Karl hinzu.

Sie lachte. „Laßt mich erst mal Luft holen, Jungs. Diesen Satz höre ich jetzt schon zum dritten Mal diese Woche." Dann sah sie einen Kalender auf ihrem Schreibtisch durch. „Seid ihr sicher, daß ihr einen Termin mit Mr. Jones habt?"

„Meinen Sie, wir kommen einfach nur daher und tun so?" fragte Karl sie.

„Erleben wir täglich hier, Freund."

„Wir haben jedenfalls einen", sagte Gary. „Unsere Managerin hat ihn gemacht."

„Mal sehen", sagte die Empfangsdame und wies sie an eine Reihe Ledersessel, die in einer Ecke des Raums standen. Dort saßen schon ein paar Rock-Typen und auch Männer in dunklen Straßenanzügen.

Gary und Karl setzten sich neben einen Typen mit langen schwarzen Haaren, einem blauen Anzug und Cowboystiefeln. Er las in einer Nummer des *Billboard* und rauchte einen dünnen Zigarillo.

„Und was hat Oscar noch gesagt, als er das mit den Zoomies erfuhr?" fragte Karl beim Hinsetzen.

„Na, die alte Leier", erwiderte Gary. „Er beklagte sich, daß wir überhaupt nicht vorankämen. Das Dumme ist nur, er hat recht."

„Ich verstehe nicht, warum ihr so ungeduldig seid", sagte Karl. „Oscar und ich sind noch nicht mal mit der Schule fertig, und du und Susan habt erst im Sommer Abi gemacht. Es ist doch nicht so, daß wir in zwei Monaten den Bach runtergehn, wenn wir keinen Vertrag bekommen. Du hast selbst gesagt, daß manche Bands zehn Jahre brauchen, bis sie's geschafft haben."

Gary schwieg. Vielleicht hatte er einmal gesagt, daß manche Bands zehn Jahre brauchten. Aber diese Bands hatten wenigstens keine Mütter und Keyboarder, die sie ständig nervten.

„So ist das nun mal", fuhr Karl fort, „wenn du Rockmusik spielen willst, mußt du einfach Risiken in Kauf nehmen."

„Der Punkt dabei ist aber, intelligente Risiken in Kauf zu nehmen."

Das kam nicht von Karl. Das kam von dem Typen in dem blauen Anzug und den Cowboystiefeln, der neben ihnen saß. Gary betrachtete ihn etwas genauer. Das lange schwarze Haar fiel ihm über die Ohren, wie früher bei den Beatles, und er trug eine Pilotenbrille, die seine Augen unnormal groß machte. Wie Froschaugen. Gary schätzte, daß er Ende zwanzig oder Anfang dreißig war.

Der Typ lächelte. „Ich wollte euch nicht unterbrechen, aber ich konnte auch nicht weghören", sagte er. „Ich bin Barney Star, der Präsident von Star Management." Barney langte in eine Anzugtasche und zog eine goldglänzende Visitenkarte hervor, die er Gary gab. Darauf stand: STAR MANAGEMENT. EIN STAR MACHT STARS.

„Wir haben schon einen Manager", sagte Karl.

„Oh." Barney Star schaute überrascht. Er nahm die Brille ab und putzte sie mit einem roten Tuch, das er aus der Tasche nahm. Seine Augen waren plötzlich viel kleiner. „Tut mir leid, das war ein Mißverständnis."

„Schon gut", sagte Karl und wandte sich wieder Gary zu.

Aber Barney war noch nicht fertig. „Macht's euch was aus, mir zu sagen, wer es ist? Ich kenne so gut wie jeden im Geschäft."

Karl wandte sich ihm wieder zu. „Es ist eigentlich meine Mutter." Er klang etwas verlegen. Egal, wie gut Mrs. Roesch war oder nicht war, es klang nicht sehr professionell, wenn der Manager die eigene Mutter war.

„Ja, verstehe", sagte Barney Star und setzte die Brille wieder auf. „Ihr wollt, daß alles in der Familie bleibt."

„So wird's wohl sein", sagte Gary und kam sich etwas blöd vor. Schon wollte er die Karte Barney wieder zurückgeben.

„Kannst du behalten", meinte Barney. „Ich hab 'ne Menge davon. Seid ihr denn auch schon mal aufgetreten?"

Gary und Karl sahen einander an. Das war wohl die

Frage, die einer stellen mußte, wenn er erfuhr, daß die Band von der Mutter des Schlagzeugers gemanagt wurde. Gary fühlte, wie sich Stolz in ihm regte.

„Wir sind jedes Wochenende ausgebucht", sagte Karl. Er fing an, die Namen der Clubs aufzuzählen, in denen sie schon gespielt hatten, und die Kritiken über sie. Gary spürte, daß er Barney klarmachen wollte, daß das keine Drei-Griffe-Kinder-Band war, mit der er sich gerade unterhielt.

Barney schien zu verstehen. „Ihr müßt ja große Klasse sein. Wie heißt ihr denn?"

„Gary Specter and the Coming Attractions Plus Oscar."

Barney schnippte mit den Fingern. „Ich hab von euch gehört. Ihr habt doch diese scharfe blonde Bassistin und den irren Typen an den Keyboards."

„Genau, Susan und Oscar", lächelte Karl.

„Ihr sollt ja eine der heißesten Truppen der Stadt sein", sagte Barney und sah sich im Empfangszimmer um. „Was wollt ihr denn hier?"

„Na, einen Vertrag, was sonst?" sagte Karl.

Barney Star schaute wieder überrascht. „Macht ihr Witze? Ihr braucht doch diesen Vorzimmerquatsch nicht mitzumachen. Jedenfalls nicht mit 'nem guten Management..." Er hielt mitten im Satz inne, so als ob ihm gerade ein Gedanke gekommen wäre. „Jetzt paßt mal auf. Ich will deiner Mutter überhaupt nichts aus der Hand nehmen, aber wenn ihr einfach mal so reden wollt oder gern wissen möchtet, was eine richtige Managementgesellschaft für euch tun kann, dann ruft mich einfach an, okay? Ich helfe gern, und ihr müßt nichts unterschreiben. Sagen wir einfach, wenn ihr neugierig seid, wißt ihr, wo ich zu finden bin."

Gary und Karl nickten, und Barney stand auf. „So, ich muß jetzt gehen. Eine meiner Bands unterschreibt gleich einen Vertrag über drei Platten bei Arista. War nett, euch kennenzulernen."

Gary und Karl schauten ihm nach, wie er durch die Glastüren verschwand. Dann wandte Karl sich zu Gary und sagte: „Mann, ein Vertrag über drei Platten. Ich wußte nicht mal, daß es so was überhaupt gibt. Zeig mir doch mal die Karte, ja?"

Gary gab sie ihm, Karl starrte ein paar Sekunden darauf und steckte sie dann in seine Brieftasche.

„Warum machst du das?" fragte Gary.

„Er hat doch gesagt, wenn wir Fragen haben, können wir ihn anrufen, oder?" sagte Karl. „Schaden kann's nicht."

4

Die Zeit wird lang, wenn du auf einen Promomann wartest. Gary sah auf die Uhr. Er und Karl saßen jetzt schon eine Dreiviertelstunde in dem Empfangsraum. Gary seufzte und streckte die Beine von sich. Plattenleute lassen einen gern warten. Es gibt ihnen ein Gefühl der Wichtigkeit.

Karl war neben ihm eingeschlafen.

„Ahem." Die Empfangsdame räusperte sich und Gary blickte auf.

„Sie können jetzt zu Mr. Jones hinein." Sie zeigte in Richtung einer geschlossenen Tür. Gary stieß Karl mit dem Ellbogen an.

„Was?" gähnte Karl.

„Wir können jetzt", sagte Gary und stand auf.

Karl rieb sich die Augen und folgte ihm.

Das Büro von Rick Jones war vollgestopft mit LP-Kisten und Werbedisplays für Plattengeschäfte. Überall an den

Wänden hingen Poster mit Rockgruppen und Fotos, auf denen Jones zusammen mit berühmten Rockmusikern zu sehen war. An einer Wand erstreckte sich eine phantastische Stereoanlage. Ganz hinten im Zimmer saß Rick Jones persönlich hinter einem mit Papieren, Tonbandrollen und Videokassetten übersäten Schreibtisch.

Gary fand, daß er ziemlich jung aussah. Er hatte lange blonde Haare und trug ein Westernhemd und Jeans. Gary hatte gehört, daß die meisten Promotypen eigentlich selbst gern Rockstars sein wollten. Jones zumindest sah genauso aus.

Der Promomann hing am Telefon. Eigentlich an zweien, denn einen schwarzen Hörer hielt er an das eine und einen roten ans andere Ohr. Als er Gary und Karl bemerkte, deutete er auf zwei Stühle und fuhr mit seiner Unterhaltung fort.

„Ja, ich weiß, daß er das Mastertape schon letzte Woche abgemischt haben wollte", sagte Jones in den roten Hörer. „Aber es ist noch nicht fertig. Was? Okay, ich sag's ihm." Er wandte sich dem schwarzen Hörer zu. „Er sagt, wenn du das Master nicht bis Mittwoch fertig hast, sagt er deine Tournee ab. Was? Okay, ich sag's ihm." Zurück zum roten Hörer. „Er sagt, wenn du die Tournee absagst, verklagt er dich bis auf den letzten Cent. Was? Okay, ich sag's ihm. ..."

Gary und Karl sahen zu, wie Jones zwischen den beiden Hörern hin und her pendelte. Er schaffte es sogar, sich eine Zigarette zwischen die Lippen zu klemmen und anzuzünden.

Einige Minuten später endete das Gespräch damit, daß beide Teilnehmer drohten, den andern bis auf den letzten Cent zu verklagen. Rick Jones legte die Hörer auf und rieb sich müde die Stirn. Dann schaute er Gary und Karl an.

„Wer seid ihr, und was wollt ihr?" fragte er.

„Ich bin Gary Specter von Gary Specter and the Coming Attractions Plus Oscar, und das ist Karl, unser Drummer", erklärte Gary.

„Die Coming Attractions", murmelte Jones und fing an, einen Haufen Blätter und Notizen auf seinem Schreibtisch durchzuwühlen. „Ihr seid hier aus der Gegend, nicht wahr? Ich habe mit einer Frau namens Roesch gesprochen. Wer ist sie? Euer Manager?"

Karl nickte.

„Und warum habe ich noch nie von ihr gehört?" fragte Jones. „Managt sie auch noch andere Gruppen?"

„Nun, äh, nicht gerade", sagte Karl. „Eigentlich ist sie meine Mutter."

„Deine Mutter?" Jones warf Karl und Gary einen seltsamen Blick zu, lehnte sich in seinem Sessel zurück und zog an seiner Zigarette. Der Promomann paffte Ringe an die Decke. „Na gut, ich hab nicht viel Zeit. Was wollt ihr?"

„Könnten Sie am Wochenende zu unserem Gig im *Bunker* kommen und sich uns ansehen?" fragte Karl.

Rick schien belustigt. „Keine Ahnung. Warum sollte ich?"

Gary erkannte an seinem Tonfall, daß er sie nicht ernst nahm. Trotzdem mußten sie es versuchen. „Weil wir gut sind und mehr als genug Material für ein Album haben", sagte er. „Wir brauchen nur eine Chance."

„Und wir haben eine tolle Bühnenshow", fügte Karl hinzu.

Rick Jones lachte auf und fixierte Karl. „Weißt du, wie oft ich das in der Woche höre?" fragte er. „Wenn ihr so toll seid, warum spielt ihr dann in einem Schuppen wie dem *Bunker?*"

Weder Gary noch Karl wußten darauf schnell etwas zu erwidern. Jones deutete auf den Umschlag, den Gary bei sich hatte. „Was habt ihr denn da?"

„Unsere Pressemappe und eine Demoplatte", sagte Gary

und schob den Umschlag über den Schreibtisch.

Jones warf einen kurzen Blick in den Umschlag und überflog ein paar Kritiken. Dann nahm er die Single heraus. „Habt ihr das selbst aufgenommen?"

„Ja", sagte Karl. „Ist letztes Jahr viel bei WHAT gespielt worden. Und Bleecker Joe hat ein ganzes Schaufenster damit gemacht."

„Vielleicht hören Sie mal rein", sagte Gary.

„Nicht jetzt gleich." Jones warf die Single auf einen Stapel weiterer Singles, Bänder und Videokassetten. Dann beugte er sich zu Gary und Karl vor. „Ihr habt vielleicht Nerven", sagte er. „Ungefähr eine Million Bands wollen, daß ich sie mir mal ansehe. Ich werde steinalt, wenn ich mir jede Band ansehe, die hier reinkommt."

„Aber wir sind echt gut", sagte Karl. „Wir schreiben eigene Songs, die die Leute gut finden, und wir haben eine gute Bühnenshow. Wir haben schon unsere Fans in der Stadt. Wir sollen ständig in Clubs spielen."

Rick Jones zuckte mit den Schultern. „Was soll ich euch sagen? In diesem Geschäft gab's mal eine Zeit, da hätten Leute wie ihr einfach so hereinspazieren können, mit Kritiken und 'nem Demo unterm Arm, und wahrscheinlich hätte euch gleich einer 'ne Chance gegeben. Vielleicht hätte man euch sofort mit einem Produzenten eine Woche lang in ein Studio gesteckt, nur um zu sehen, was ihr drauf habt. Aber diese Zeiten sind vorbei. Die Leute kaufen nicht mehr so viele Platten wie früher. Die ganze Industrie hat sich verändert. Keiner schmeißt mehr mit Geld um sich. Wollt ihr wissen, wie viele ich dieses Jahr neu unter Vertrag genommen habe? Sieben. Ganze sieben Neue in einem Jahr! Ich weiß nicht mal mehr, was ich euch sagen soll, wie ihr es anstellen könnt, um es als Rockband zu was zu bringen. Ich weiß nur, daß man heute mehr als gut sein muß.

Man muß was Besonderes sein."

„Meine Mutter sagt, ich bin was Besonderes", sagte Karl.

Gary stöhnte auf.

Doch Rick lächelte. „Klar, weiß ich. Meine Mutter hat dasselbe von mir gesagt, und jetzt bin ich Promomann." Dann schob er den Pappumschlag wieder zu Gary zurück. „Ich kann euch nur einen Rat geben. In Schuppen wie dem *Bunker* werdet ihr nie entdeckt. Wenn ihr's schaffen wollt, dann müßt ihr in die großen Clubs wie das *Bottom Line* oder das *DeLux* reinkommen. Besonders ins *DeLux*. Die haben in letzter Zeit viele neue Bands als Vorgruppen unter der Woche eingesetzt. Nur so wird man auf euch aufmerksam."

„Unsere Managerin versucht schon seit Monaten, uns dort reinzukriegen", sagte Gary. „Aber die scheinen einfach kein Interessse zu haben."

Jones nickte. „Ich will deiner Mutter nicht zu nahe treten, aber meine könnte mich da sicher auch nicht unterbringen. Die meisten Bands haben Managementprofis, die alles für sie machen. Das ist eine der Tatsachen, um die man in diesem Geschäft nicht herumkommt. Die Frauenbewegung ist noch nicht zum Rock vorgedrungen."

Mit diesen Worten erhob sich der Promomann und dankte Gary und Karl für ihren Besuch. Und schon waren sie wieder auf dem Weg durch den Empfangsraum zur Glastür hinaus.

„Na, was denkst du?" fragte Karl.

Gary schüttelte langsam den Kopf. „Wenigstens war er ehrlich."

5

Ein paar Abende später beobachtete Gary Oscar, wie er in der Garderobe des *Bunker* auf und ab lief. Der Raum war wie eine Gefängniszelle. Alte graue Farbe blätterte von den Wänden, eine einzelne nackte Birne hing von der Decke. Durch eine zerbrochene Fensterscheibe zog es kalt und feucht herein, und die Band wartete zitternd vor Kälte auf ihren nächsten Auftritt.

„Ist das Dekor nicht hinreißend?" fragte Oscar, während er im Zimmer umherrannte. Wie bei jedem Auftritt trug er einen Frackanzug. „Ich kann mich einfach nicht entscheiden, ob es mich an Frühe Amerikanische Kakerlake oder Griechisch-Europäische Mülltonne erinnert."

Er hielt vor Karl an, der auf einer alten grünen Couch saß, deren Nähte aufgesprungen waren und aus der die alte Polsterfüllung herausquoll. Der Drummer rauchte wie üblich einen Joint vor dem Auftritt.

„Wie kannst du auch noch da drauf sitzen?" fragte Oscar ihn. „Das Ding sieht aus, als ob jeden Moment etwas herauskrabbeln würde."

Karl nahm einen tiefen Zug aus seinem Joint und bekam einen Hustenanfall. „Ich bin geimpft", krächzte er.

Oscar schnaubte wütend und ging weiter. „Was machen wir hier überhaupt?" fragte er. „Warum warten wir darauf, hier in diesem Rattenloch zu spielen? Was erhoffen wir uns durch diese wunderbare Erfahrung?"

Keiner sagte etwas. Oscar hielt bei Susan an, die einen zerbrochenen Spiegel vom Boden aufgehoben und aufs Fensterbrett gestellt hatte. Sie trug ein hautenges grünes

Minikleid, orangefarbene Netzstrümpfe und grüne Stöckelschuhe. Um die Augen hatte sie einen schwarzen Eyeliner und grün glitzerndes Make-up.

„Ach, Oscar", sagte sie, stellte sich seitlich zum Spiegel auf und zog ihr Kleid über dem Bauch stramm. „Jetzt arbeite ich erst eine Woche in dieser blöden Eisdiele, und schon sitzt das Kleid zu eng. Siehst du? Auf einmal hab ich ein Bäuchlein."

„Bist du sicher, es kommt vom Eis?" fragte Karl von der anderen Seite des Zimmers herüber.

Susan warf ihm einen giftigen Blick zu. „Ich weiß genau, daß es vom Eis kommt."

Da schaute Garys vierzehnjähriger Bruder Thomas vom Fußboden auf, wo er ein durchgescheuertes Mikrokabel mit Isolierband umwickelte. Er war der offizielle Roadie der Band, Oberpacker des Lieferwagens und checkte den Sound.

„Woher könnte es sonst kommen?" fragte er.

„Halt die Klappe, Tommy", versetzte Susan.

„Red nicht so mit mir", moserte Thomas.

„Karl deutete an, daß Susan vielleicht schwanger sein könnte", erklärte Gary seinem kleinen Bruder. „Natürlich ist das bei ihr unvorstellbar."

Oscar und Susan stöhnten über den Witz.

Thomas grinste. „Hab schon kapiert", sagte er.

Oscar beugte sich neben Susan vor dem zerbrochenen Spiegel nieder. „Entschuldige, Baby", sagte er. „Teilst du kurz mal deinen Toilettentisch mit mir?" Er neigte seinen Kopf, als ob er seine dünner werdenden Haare begutachten wollte.

„Stell dir bloß vor, wieviel Zeit du im Leben sparst, wenn du dir die Haare nicht mehr kämmen mußt", sagte Karl. „Und das Geld, das du sparst, wenn du dir kein Shampoo kaufen und nicht mehr zum Friseur mußt."

Oscar drehte sich um und starrte ihn böse an. „Und stell du dir vor, Karl, wie's um die Welt stehen würde, wenn jeder so einen tiefen und durchdringenden Verstand hätte wie du. Keiner würde jemals die Abschlußprüfung im Kindergarten schaffen."

Die anderen mußten lachen. Oscar fing wieder an, seine Runden zu drehen. „Wie lange sollen wir denn noch warten?" fragte er.

„Nicht mehr lange, Oscar", sagte Mrs. Roesch, die soeben zur Tür hereingekommen war.

Karls Mutter war eine hochgewachsene Frau mit roten Haaren wie ihr Sohn. Sie trug alte Jeans und ein Jeans-Hemd, das mit Blumen bestickt war. „Ihr Hippie-Aufzug", wie Karl es nannte.

„Ich war gerade im Publikum", sagte sie. „Langsam wird's wirklich voll. Seid ihr soweit?"

Alle standen auf. „Hast du irgendwelche Plattenleute gesehen?" fragte Karl.

Mrs. Roesch schien etwas zu zögern. „Ist so voll dort draußen. Schwer zu sagen."

„Hast du keinen gesehen?" fragte Karl.

„Kann sein, daß jemand von Blitz Records da ist."

„Von Blitz Records?" brummte Karl. „Was ist das denn?"

„Ich glaube, das ist ein unabhängiges Label von Staten Island", erklärte Mrs. Roesch.

„Ah, Staten Island!" rief Oscar aus. „Das ist natürlich ein heißer Boden für neue Rocktalente!"

Mrs. Roesch fummelte an ihrer Handtasche, fischte eine Zigarette heraus und zündete sie nervös an. „Ich hab's versucht, Oscar. Die ganze Woche bin ich am Telefon gehangen und hab versucht, Leute von den Plattenfirmen herzubekommen. Du hast ja keine Ahnung, wie schwer das ist. Es interessiert sie einfach nicht."

Gary und Karl sahen einander an. Genau wie Rick Jones gesagt hatte. Kein Managementprofi, kein Treffer.

6

Die Gitarre in der Hand, verließ Gary die Garderobe und ging durch einen engen geziegelten Gang. Er bog nach links ab durch eine Tür und kletterte auf die Bühne. Dort war es rabenschwarz. Die Bühnenbeleuchtung war aus, der Vorhang dicht geschlossen. Das einzige, was er sehen konnte, waren die roten Lichter der Anlage der Band und schwache Lichtstrahlen, die zwischen Vorhang und Bühnenboden hindurchdrangen. Von jenseits des Vorhangs hörte er die Geräusche der Zuschauer – viele Stimmen, die durcheinanderredeten, Gläsergeklingel und auf dem Fußboden scharrende Stuhlbeine. Hinter der Bühne war es heiß und verraucht. Kalte Schauer von Lampenfieber schossen ihm durch den Körper.

Die anderen der Band gingen über die Bühne zu ihren Instrumenten. Gary wartete, bis sie bereit waren.

„Karl", flüsterte er in das Dunkel hinein in Richtung des Schattens seines Drummers.

„Ja?"

„Bist du soweit?"

Karl antwortete mit einem leichten Schlag auf die Snare und einem gedämpften Bumm auf der Fußtrommel. „Alles klar", flüsterte er zurück.

Als nächstes wandte sich Gary in Richtung seiner Cousine. „Gib mal'n A, Susan!"

Susan antwortete mit einem klaren Baßton, und Gary

wandte sich zu Oscars Bügelbrett mit dem Synthesizer drauf.

„Oscar?" flüsterte Gary.

Keine Antwort aus dem Dunkel.

„Oscar?" flüsterte Gary noch einmal und versuchte die Umrisse des Keyboarders in dem Dunkel auszumachen.

Immer noch keine Antwort.

„Oscar!" zischte Gary.

„Wo steckt er denn?" fragte Karl.

„Keine Ahnung", sagte Gary aufgeregt. Von der anderen Seite des Vorhangs kam jetzt das Geräusch von Schritten über die Bühne. Dann blaffte die Stimme des Clubmenschen über die Anlage. „Guten Abend und willkommen zu einer weiteren heißen Rocknacht im *Bunker!*"

„Thomas", zischte Gary in die Dunkelheit.

„Ja", klang es von der Seite der Bühne.

„Geh zu Mrs. Roesch. Sag ihr, wir wissen nicht, wo Oscar ist. Und beeil dich."

Inzwischen lärmte der Clubmensch: „Heute präsentieren wir wieder Gary Specter and the Coming Attractions Plus Oscar!"

Geklatsche und Geschrei dröhnte aus der Menge. Doch hinter dem Vorhang überlegte Gary sich schon, wie er den Leuten erklären sollte, daß es heute Gary Specter and the Coming Attractions *Minus* Oscar sein würden.

„Was ist los?" flüsterte Mrs. Roesch von der Seite her.

„Oscar ist weg."

„Was?"

„Er ist weg. Verschwunden."

„Und was nun?" Panik war in Mrs. Roeschs Stimme.

„Wie wär's, wenn du ihn finden würdest?" sagte Karl.

Während Mrs. Roesch sich auf die Suche nach Oscar machte, tönte der Clubmensch weiter: „Bevor wir anfangen, sag ich euch noch kurz, was ihr in den nächsten Wochen im *Bunker* erwarten könnt..."

Red nur weiter, betete Gary.

Es kam Gary wie eine Ewigkeit vor, als er endlich Schritte auf die Bühne kommen hörte. „Oscar?" flüsterte er, kaum fähig, die Gestalt im Dunkel zu erkennen.

„Ja."

„Wo warst du?"

„Tut mir leid", sagte die dunkle Silhouette des Keyboarders. „Aber ich glaube, ich kann heute nicht mehr weitermachen."

„Was soll der Quatsch?" fragte Gary. „Wir müssen jeden Moment anfangen."

„Ist mir klar", sagte Oscar. Er stand im Dunkeln da und tat so, als gäbe es kein Publikum, das dort draußen wartete. „Ich kann einfach nicht mehr in solchen Clubs spielen. Ich weiß, was unser Problem ist. Unser Manager nämlich. Wir bringen es nie zu was, weil sie sich nicht im Geschäft auskennt und nicht die richtigen Connections hat."

„Da hast du dir verdammt noch mal 'ne schöne Zeit rausgesucht, um uns das zu sagen", rief Susan von der anderen Ecke der Bühne herüber.

„Oscar", zischte Karl. „Ich schlag dir den Schädel ein, wenn du dich nicht sofort hinter deine Orgel klemmst."

„Tut mir leid, Karl", sagte Oscar ruhig. „Ich weiß, sie ist deine Mutter, aber bevor sie unsere Managerin wurde, hatte sie absolut nichts mit Musik zu tun. Sie kann nichts dafür, aber wir sind ihr über den Kopf gewachsen."

Gary konnte es nicht fassen, was da gerade ablief. Oscar konnte doch nicht Sekunden vor dem Auftritt die Band verlassen.

„Jetzt hör mal zu", sagte er. „Bitte spiel jetzt. Ich verspreche dir, wir reden drüber, sobald der Gig vorbei ist. Nicht wahr, Susan? Karl?"

Doch Susan schüttelte den Kopf. „Meiner Meinung nach ist Mrs. Roesch vollkommen okay", sagte sie. „Und ich hab die Schnauze voll von Oscars Staralllüren."

„Is ja doll", stöhnte Gary. „Da können wir ja gleich von der Bühne runter und uns die Sachen um die Ohren schlagen."

„Moment, Moment", sagte Karl. „Wir reden später weiter, ja?"

„Das war aber reif von dir", sagte Oscar.

„Halt die Klappe, und stell dich hinter deine Tasten", giftete Karl ihn an.

In diesem Augenblick verkündete der Clubmensch: „Und jetzt – Applaus für Gary Specter and the Coming Attractions Plus Oscar!"

Das Publikum klatschte und pfiff. Der Vorhang ging auf, und Spotlights fluteten auf die Bühne. Gary kniff vor dem plötzlichen hellen Licht die Augen zusammen und warf einen schnellen Blick zu Oscar hinüber, um sich zu versichern, daß er es an seinen Synthesizer geschafft hatte. Er hatte es geschafft. Wunder gibt es immer wieder. Gary drehte sich um, machte einen Satz in die Luft und schlug den ersten Akkord des Eröffnungsstücks. Musik platzte aus den Verstärkern. Als seine Augen sich an das Licht gewöhnten, sah Gary, daß der Club gerammelt voll war. Die Tische um die Tanzfläche herum waren voller Leute, und hinten standen noch mehr. Gary lächelte. Wenn viele Leute da waren, ging es ihm gut.

Trotz der Schwierigkeiten mit Oscar wurde es ein guter Auftritt. Mochte der *Bunker* überfüllt und verraucht sein, die Anlage war gut und die Bühne groß genug für die Rock-Akrobatik der Band. Wenn Oscar einmal loslegte, zogen sie wirklich voll durch. Karls Schlagzeug hämmerte Schockwellen durch den Saal, Susan wummerte erdbebenartige Baßläufe heraus, Oscars Keyboards erschütterten im wahrsten Sinne des Wortes das Bügelbrett, und Garys Finger liefen den Hals der Stratocaster auf und ab und schickten sirrende Riffs durch jeden Song.

Gary tanzte und raste über die Bühne, klatschte die Handflächen von Fans ab, die nach ihm hochlangten, schlitterte und schliff über den Boden und legte sogar einen Spagat hin. Susan sang Background, und Karl wirbelte seine Stöcke wie Taktstöcke durch die Luft und schleuderte manchmal einen ins Publium.

Selbst Oscar taute langsam auf. Wenn die Musik einmal angefangen hatte, vergaß er seine für gewöhnlich miese Laune und war wie verändert. Für das Publikum tat er alles.

Noch als Gary, Karl und Susan schon kaputt und heiser waren, schien Oscar so frisch wie vor dem ersten Stück. Als sie zur letzten Zugabe auf die Bühne kamen, hatte Gary eine Flasche Bier dabei und Karl ein Handtuch über der Schulter. Oscar aber rannte an ihnen vorbei auf die Bühne, er hatte eine Kindermütze mit Schlappohren auf und einen riesigen Schnuller, den er in einem Juxladen gekauft hatte, in der Hand.

Im Publikum kreischten Mädchen auf. Die Band ging an die Instrumente, und der Keyboarder stand am Bühnenrand, von einem einzelnen Lichtstrahl erhellt. Die Band fing an zu spielen; Oscar griff das Mikrofon und röhrte:

> *„I fell in love with the baby-sitter.*
> *Now I'm older but I still can't quit her.*
> *I been in love with her since I was four –*
> *Don't say she can't stay with me no more."*

Als die Band in den Chor einfiel, nahm Oscar das Mikrofon aus dem Ständer und kroch wie ein Baby auf Händen und Füßen umher. Er setzte sich sogar auf die Bühne und lutschte Daumen.

> *,'Cause she's my baby-sitter, oh yeah.*
> *She's my baby-sitter, all right.*
> *Well I may be twenty-one*
> *But we still have lots of fun.*
> *She's my baby-baby-sitter."*

Jetzt saß er auf dem Bühnenrand, ließ die Beine baumeln und drückte den riesigen Schnuller an sich. Dutzende von Mädchen drehten jetzt völlig ab. Zwei muskelbepackte Rausschmeißer bauten sich vor der Bühne auf, um sie davon abzuhalten, hinaufzuklettern und sich auf den jungen Sänger zu stürzen.

> *„Four bucks an hour, that's all it takes.*
> *We watch the tube and make thick shakes.*
> *We don't worry 'bout the folks comin' home*
> *'Cause I moved out years ago. Now I live all alone*
> *With my baby-sitter..."*

Die Menge brüllte. Sie klinkten immer aus, wenn Oscar diese Zeile sang. Die Rausschmeißer hatten alle Hände voll zu tun, die Mädchen von der Bühne abzuhalten, als er eine Reihe plumper Rollen vorwärts machte und schließlich vergeblich versuchte, einen Hand- und Kopfstand hinzubringen. Selbst die Band konnte sich das Lachen kaum verkneifen, obwohl sie es alle schon dutzendmal gesehen hatten. Gary, Karl und Susan sahen einander an und lächelten. All die Schwierigkeiten der Band schienen weit, weit weg.

7

An diesem Abend war die Garderobe der reinste Zoo. Irgendwie hatten es Dutzende von Fans geschafft hereinzukommen. Gary und die anderen waren völlig kaputt. Eben hatten sie sich noch durch vier Stunden Hardrock hindurchgespielt, -geschwitzt und -gesungen, und was ihnen gerade noch fehlte, war eine anschließende Fete. Doch sie waren umzingelt.

„Ihr wart echt toll!"

„Ich kann's einfach nicht fassen, daß ihr noch keinen LP-Vertrag habt!"

„Seit Prince hab ich nicht mehr so 'ne heiße Liveshow gesehen!"

„Danke, vielen Dank", sagte Gary, als er sich auf der Suche nach einem Sitzplatz durch die Menge zwängte. Unterdessen wurde Oscar von einer Meute wilder Mädchen fast niedergetrampelt. Susan tat ihr Bestes, um die Anmache einiger großer, gutaussehender Typen abzuwehren; Karl war von einem Haufen abgerissener Shit-Raucher eingekreist.

Selbst Thomas bekam es mit einem Schwarm harter Vierzehnjähriger mit Bierdosen in der Hand und Zigaretten hinter den Ohren zu tun.

Ein attraktives Mädchen machte sich eng an Gary ran, sie lächelte verführerisch und verschwand wieder in der Menge. Gary blickte ihr nach, raffte sich aber nicht auf, ihr zu folgen. Es war alles ein Wahnsinn. Vor einem Jahr hätte er nicht im Traum geglaubt, daß man ihn einfach, so ganz ohne Grund, anfassen wollte. Aber das passierte jetzt ständig.

Kaum war das Mädchen weg, als Gary aus dem Augenwinkel sah, wie sich ein pummeliger, blonder Junge namens Charlie einen Weg durch die Menge bahnte.

„Ey, Mann", sagte Charlie und schüttelte Gary die Hand. „Das war 'ne echt geile Show!" Er trug eine schwarze Lederjacke mit silbrigen Ketten dran und eine ausgebeulte grüne Kampfanzughose; er hatte immer die letzten Rocksachen an, egal wie bescheuert er darin aussah. Er erschien praktisch zu jedem Gig der Band.

Gary grübelte schon, wie er sich am besten absetzen konnte, als er sah, daß Charlie ihn mit einem anderen Jungen und zwei Mädchen bekannt machen wollte.

Plötzlich wollte sich Gary gar nicht mehr absetzen.

„Hey, und das ist'n echt guter Kumpel von mir", sagte Charlie zu seinen Freunden. „Gary, das ist Joe Leviten, Tina Peluso und Allison Ollquist."

Gary nickte freundlich, aber er sah nur Allison an, mitten hinein in ihre großen braunen Augen. Sie hatte glatte, blasse Haut, und ihr Gesicht war schmal und so hübsch, wie er es in Erinnerung hatte. Sie trug enge Jeans und einen weiten, weiß-rot gestreiften Pullover.

Sie lächelte ihn verlegen an. Gary war sich bewußt, daß er sie anstarrte, aber er konnte es nicht ändern. Dazu war sie zu attraktiv. Was machte sie hier nur mit Charlie?

„Das war vielleicht 'n heißer Gig", sagte Charlie. „Deine Band ätzt total."

Gary schaffte es so gerade, die Augen von Allison abzuwenden, um ihm für das Kompliment zu danken.

Charlie fuchtelte mit den Händen vor Joe, seinem Freund, herum, einem mageren Jungen mit langen lockigen Haaren, der ebenfalls eine schwarze Lederjacke anhatte. Die Motor-City-Wilden, dachte Gary.

„Weißt du, Joe und ich haben 'ne Band", sagte Charlie.

„Meinst du, wir könnten mal bei euch Vorgruppe machen?"

Gary wußte nicht, was er sagen sollte. Das war typisch Charlie, so etwas Ungeheuerliches zu fragen.

„Oder vielleicht könnten wir einfach mal 'ne Jamsession mit euch bringen", schlug Charlie vor.

„Jammen tun wir eigentlich nicht!" Gary versuchte höflich zu sein. „Wir versuchen immer möglichst akkurat zu spielen." Wieder schaute er Allison an in der Hoffnung, irgendwie mit ihr ins Gespräch zu kommen.

„Oder vielleicht wäre euer Manager daran interessiert, noch eine Band zu übernehmen?" fragte Charlie.

Gary hätte beinahe laut losgelacht. Der Junge kannte keine Grenzen. „Charlie", sagte er, „ich glaube, sie will bloß mit uns arbeiten."

Charlie nickte, aber Gary wußte, er würde nicht so leicht aufgeben. Dafür war der Junge zu unverschämt. Und tatsächlich zerrte Charlie ihn durch die Menge in eine Ecke des Raums, legte ihm die Hand auf die Schulter und flüsterte: „Ich möchte nicht, daß Joe das hört, aber wenn ihr irgendwann mal 'nen Rhythmusgitarristen braucht, könnte ich euer Mann sein."

Genau davon habe ich immer geträumt, dachte Gary. Er hatte Charlie einmal spielen hören. Es klang, als hätte er Boxhandschuhe an. Trotzdem tat Gary so, als fände er das Angebot ganz toll.

„Ich glaube, wir würden richtig gut zusammenpassen", sagte Charlie.

„Ganz bestimmt", meinte Gary. „Aber im Moment sind wir nicht so recht auf eine Rhythmusgitarre eingestellt."

„Ich meine ja nur, wenn ihr irgendwann einen braucht, ja?" erklärte Charlie. „Und ich hab auch 'ne Menge Stücke drauf. Wenn ihr mal 'n Stück braucht."

Gary wußte jetzt, daß er raus mußte. Er suchte die Meute

nach Mrs. Roesch ab, aber sie war nirgends in Sicht. Dann fiel sein Blick auf Karl, und er machte ein paar deutliche Mundbewegungen zu ihm hin.

Der Schlagzeuger kapierte. „Okay, Leute", brüllte er in die Menge. „War toll, daß ihr noch da wart. Aber die Band ist müde. Vielleicht geht ihr jetzt besser." Und er fing an, Leute in Richtung Tür zu scheuchen.

Charlie merkte, daß auch er gehen sollte. „Mm, Gary", sagte er, „gibst du mir vielleicht deine Telefonnummer? Ich würde dich gern mal anklingeln und genauer über die Sache reden."

„Ja, hm, weißt du..." Bevor Gary eine Antwort herausbrachte, kam ihm Allison zu Hilfe.

„Komm schon, Charlie", sagte sie und nahm ihn am Arm. „Wir gehen jetzt besser."

Eine Sekunde lang traf sich ihr Blick mit Garys. Er hatte das sichere Gefühl, daß sie wußte, daß Charlie ihm auf die Nerven fiel, und sie ihm helfen wollte.

Charlie ließ sich wegziehen. „Dann bis zum nächsten Mal, ja?" rief er ihm noch zu.

Gary lächelte bedauernd und winkte ihm nach.

Als endlich die Tür zu und der letzte Fan weg war, klappten die vier zusammen, wo sie gerade standen.

„Mann, bin ich erledigt", ächzte Gary und haute sich auf das alte grüne Sofa.

„Und ich erst", sagte Karl; er saß auf dem Fußboden und zündete sich eine Zigarette an. Sofort schnorrte Thomas eine von ihm. Er hatte erst kürzlich zu rauchen angefangen, was Gary gar nicht paßte. Auch nicht, daß er Bier trank und sich als knallharter Macker gab. Jetzt aber war er zu müde, um sich darüber aufzuregen.

„Charlie hat sich also wieder an dich gehängt", sagte

Susan, während sie vor dem zerbrochenen Spiegel saß und sich mit Kühlsalbe und Papiertüchern abschminkte.

„Ja, der Typ hat vielleicht Nerven", sagte Karl. „Hat er dich gefragt, ob er bei uns mitspielen kann?"

Gary nickte.

„Vor zwei Wochen hat er Oscar angemacht", sagte Karl. „Hat nicht lockergelassen. Stimmt's, Oscar?"

Oscar antwortete nicht. Wieder lief er im Zimmer auf und ab.

„Mensch, Oscar, wenn du wieder anfängst rumzuölen, schrei ich", drohte Susan.

Oscar blickte sie nur kalt an.

„Ich verstehe dich einfach nicht", sagte Susan. „Vor einer halben Stunde warst du noch so in der Musik drin. Hast auf der Bühne rumgetobt wie ein Wilder. Da hat es dich nicht gekratzt, wer im Publikum war."

„Du bist'n Schizo, Oscar", stellte Karl fest.

„Vielleicht", brummte Oscar. „Aber keine Plattentypen, kein Fortschritt. Du hast ja recht. Auf der Bühne bin ich viel zu sehr mit Spielen beschäftigt, um mich drum zu kümmern, wer im Publikum sitzt. Aber hinterher beschäftigt es mich. Wir ziehen 'ne ungeheure Schau ab, aber kein Schwanz außer ein paar hundert Fans weiß davon. Die ganze Woche proben wir, jedes Wochenende Gigs. Es frißt unsere Zeit auf, und wir haben nichts davon."

„Vielleicht braucht's einfach noch Zeit", meinte Susan.

Oscar schüttelte den Kopf. „Nein, es braucht Connections. Es braucht die richtigen Leute von den großen Clubs und die richtigen Leute von den Plattenfirmen. Wenn wir nicht an die Dicken rankommen, kommen wir überhaupt nirgends hin. Wir werden schlicht die beste Band sein, von der die Welt nicht gehört hat."

Während Oscar redete, fühlte Gary, wie Karl und Susan

beobachteten, wie er darauf reagierte. Alle hatten sie in der Band gleich viel zu sagen, aber sobald ein Problem wie dieses auftauchte, erwarteten sie, daß er es löste. Gary fuhr sich mit der Hand durchs Haar. Er war zu kaputt, um dazu Stellung zu nehmen, und überhaupt war er sich gar nicht so sicher, ob Oscar unrecht hatte. Eines war klar, in solchen Kaschemmen zu spielen brachte sie nicht weiter; und sie wollten weiter. Nicht, solange Bands wie die Zoomies Alben machten und in fünfzehn Staaten auftraten.

„Okay", sagte er. „Wir tun etwas. Ich muß nur noch ein bißchen drüber nachdenken."

8

Später wartete eine kleine Gruppe Fans draußen auf die Band. Es regnete und war ziemlich kühl, daher standen sie möglichst nahe am Eingang, hielten sich Zeitungen über den Kopf oder ließen sich einfach naß regnen. Als Gary und die anderen herauskamen, wurden sie sofort umringt und um Autogramme gebeten.

„Oh, bitte, Gary!"

„Oscar! Oscar!"

Ein Mädchen bat Gary sogar, seinen Namen auf ihren Arm zu schreiben.

„Richtig auf den Arm?" fragte Gary stirnrunzelnd.

„Na klar!" Das Mädchen lachte, während ihre Freundinnen Gary ansahen und kicherten.

Also schrieb Gary seinen Namen auf ihren Arm, und als er damit fertig war, drängten die anderen Mädchen heran und begutachteten die Unterschrift auf der nackten Haut, als wäre sie ein seltenes Kunstwerk. Gary schüttelte den

Kopf. Manchmal mußte man sich schon sehr wundern.

Als die Autogrammjäger weg waren, stiegen Gary und die anderen in den Transporter. Es schien ein Ding der Unmöglichkeit, daß sechs Leute und die ganze Ausrüstung hineinpaßten, aber Thomas, der Oberpacker, war in solchen Wundern besonders gut. Jeder schaffte es, sich zwischen Trommeln, Verstärker und Gitarrenkoffer zu zwängen. Gary hatte es sich gerade gemütlich gemacht, als er Rauch roch. Er drehte sich um und sah, daß Thomas eine Zigarette anhatte.

„Mußt du hier jetzt rauchen?" fragte er.

„Wer bist du denn, der Chefarzt persönlich?" sagte Thomas patzig.

„Es wird nur so schnell verräuchert hier drinnen", meinte Susan.

„Dann macht doch ein Fenster auf", zischte Thomas.

Gary starrte ihn wütend an. Es war schon schlimm genug, daß Thomas mit seinen vierzehn Jahren schon rauchen und trinken mußte, aber er war auch so total selbstbezogen geworden, daß Gary ihm gern hin und wieder tüchtig den Kopf gewaschen hätte.

Er hielt sich jedoch zurück und sagte einfach: „Es regnet, Spatzenhirn."

Thomas schaute sich um. Es war offensichtlich, daß die Mehrheit im Wagen dagegen war, daß geraucht wurde. „Schon gut", sagte er. „Ein Zug noch."

„Na und?" sagte Gary. „Du inhalierst ja doch nicht!"

„Tu ich doch", sagte Thomas und stieß eine Rauchwolke aus.

„Tust du nicht", sagte Gary.

„Jetzt hört endlich damit auf!" Susan war ärgerlich.

Mrs. Roesch startete den Transporter, und Gary schaute aus den regennassen Fenstern den letzten Fans nach, die die

Straße hinuntergingen. Es war immer wieder erstaunlich, daß die Fans noch so lange nach dem Auftritt auf Autogramme warteten. Aber er hatte es ja früher ebenso gemacht. Es war einfach schwer zu begreifen, daß die Coming Attractions eine Band waren, von denen die Leute Autogramme wollten. Irgendwie hatte er sich immer vorgestellt, daß alle Probleme vorüber seien, wenn eine Band einmal Autogramme geben muß.

Der Regen trommelte stetig auf das Autodach. Als Mrs. Roesch einmal langsamer fuhr, um abzubiegen, erfaßten die Scheinwerfer des Wagens zwei Mädchen, die im Regen an der dunklen Straßenecke standen.

„Halten Sie an, Mrs. Roesch!" schrie er.

„Was?" sagte Mrs. Roesch. „Warum denn?"

„Bitte halten Sie an", drängte Gary.

„Was ist denn los?" meldete sich Susan.

Gary langte schon nach dem Türgriff. „Einen Moment", sagte er. „Ich bin gleich wieder zurück." Er stieß die Tür auf und sprang auf den nassen Asphalt. Die beiden Mädchen standen immer noch an der Ecke, jetzt einen halben Block zurück, und Gary rannte durch den Regen auf sie zu.

„He!" schrie er.

Sofort drehten sie sich um. Es waren Allison und Tina, sie waren durch den Regen völlig durchnäßt.

„Was macht ihr denn hier?" fragte Gary. Er spürte, wie ihm der kalte Regen durch die Haare drang.

„Auf ein Taxi warten", sagte Tina. Schwarzer Eyeliner rann ihr die Wangen hinab.

„Wollt ihr mit uns fahren?" fragte Gary und zeigte auf den Transporter hinter sich.

Die Mädchen schauten einander an. Gary merkte, daß sie nicht so recht wußten, ob sie einsteigen sollten.

„Was meinst du?" fragte Tina Allison.

Allison schien zu zögern. Sogar jetzt im Dunkeln, mit den nassen Haaren, die ihr in Strähnen auf die Schultern hingen, sah sie schön aus.

„Ihr holt euch bloß 'ne Lungenentzündung hier", sagte Gary. Und ich auch, dachte er, als er spürte, wie das Wasser langsam durch seine Jacke drang.

Allison sah ihn unsicher an. Plötzlich donnerte es heftig, und es begann noch stärker zu regnen.

„Jetzt komm schon, Allison", sagte Tina. „Wir können nicht die ganze Nacht hier herumstehen!"

Doch Allison zögerte noch immer.

„Was ist", sagte Gary, „Seh ich etwa aus wie einer, der rumrennt und Leute entführt?"

Obwohl es so schüttete, strich sich Allison eine nasse Strähne aus dem Gesicht und lächelte ihn an. „Auf einer Skala von 1 bis 10 würde ich dir 4 geben!"

Wieder rollte der Donner, und ein ungeheurer Blitz brach durch den schwarzen Himmel. Tina zuckte zusammen. „Jetzt reicht's", sagte sie. „Ich gehe. Von mir aus kannst du noch die ganze Nacht auf ein Taxi warten."

Allison blickte die Straße hinunter und dann auf den Kleinbus. „Okay", sagte sie endlich. „Du hast mich überzeugt."

Zu dritt rannten sie die Straße hinab zum Wagen. „He, ist noch Platz hier drin?" schrie Gary ins Innere. „Hier kommen noch welche."

Alle stöhnten auf.

„Ach, Gary, es ist einfach schon zu voll", sagte Thomas.

Gary aber war schon dabei, Allison und Tina in den Wagen zu helfen. „Und was soll ich deiner Meinung nach tun?" fragte er seinen kleinen Bruder. „Sie im Regen stehenlassen?"

Thomas zuckte die Schultern und antwortete nicht. Alle

machten sich so klein wie möglich. Gary kletterte hinein und zog die Tür hinter sich zu.

„Können wir?" fragte Mrs. Roesch.

„Los!" sagte Gary. Er drückte sich gegen einen Verstärker. Ihm gegenüber steckten Allison und Tina zwischen Oscar und einigen Gitarrenkoffern. Thomas war hinter sie geklettert und lag jetzt quer über der Baßtrommel und einem weiteren Verstärker. Alle hatten die Beine bis unters Kinn hochgezogen.

Mrs. Roesch legte den Gang ein, und das Fahrzeug schwankte los. Hinten machte Gary die anderen miteinander bekannt. „Tina und Allison – Susan, Thomas, Karl und Oscar."

„Willkommen in der Sardinenbüchse", grummelte Oscar.

„Wo sollen wir euch hinbringen?" fragte Gary.

„Ach, wegen uns braucht ihr keinen Umweg zu machen", meinte Allison. „Wo fahrt ihr hin?"

„Nirgends", sagte Oscar. „Wir tun einfach so, als wären wir auf der Flucht und fahren durch die Nacht, gehetzt und atemlos."

„Hör nicht, was er sagt", sagte Gary zu Allison. „Wir fahren die Achtundsiebzigste hoch. Aber wir können euch nach Hause fahren. Macht uns echt nichts."

„Die Achtundsiebzigste ist schon recht", meinte Allison. „Nicht wahr, Tina?"

„Klar", sagte Tina.

„Wohnt ihr dort in der Nähe?" fragte Gary.

„Nicht weit weg", antwortete Allison. Anscheinend wollte sie nicht sagen, wo sie wohnte.

Der Wagen holperte Richtung Norden, und alle klammerten sich an irgend etwas fest. Alle waren müde und erschöpft. Außer Gary. Der war plötzlich hellwach. Er konnte es sich nicht erklären, aber jedesmal, wenn er zu

Allison hinübersah, ihrem Blick begegnete oder sie anlächelte, summte es in seinem Innern. Es war ein ganz seltsames Gefühl.

„Was ist mit Charlie und seinem Freund?" fragte er.

Die beiden Mädchen sahen einander an. „Wir haben sie sitzengelassen", sagte Tina.

„Warum?" fragte Gary.

„Charlie wollte, daß wir mit zu ihm gehen", erklärte Tina. „Wir wußten, daß seine Eltern nicht zu Hause sind."

„Wir haben gemerkt, was er wollte", fügte Allison hinzu.

„Wie habt ihr Charlie denn kennengelernt?"

„Tina ist Joes Cousine", sagte Allison.

„Nach heute abend würde ich eher sagen, entfernte Cousine", erklärte Tina.

„Geht ihr viel in Clubs?" fragte Gary.

Tina und Allison schüttelten den Kopf.

„Warum?"

„Zu kaputt und voll", sagte Tina. „Und die Typen machen uns immer an."

Kann ich gut verstehen, dachte Gary.

„Wie fandet ihr die Musik?" fragte Karl vom Beifahrersitz her.

„Ganz gut", meinte Tina.

„Bloß ganz gut?" fragte Karl.

„Hat's dir nicht gefallen?" fragte Gary Allison.

„Doch, doch", sagte sie. Aber Gary hatte das Gefühl, daß sie kein richtiger Rockfan war.

„Und die Show?" wollte Oscar wissen.

„Ich fand sie sehr lustig", sagte Allison.

„Kannst du wohl sagen, verdammt lustig", sagte Thomas. „Das ist verdammt noch mal die beste Band in dieser ganzen verdammten Stadt."

Sie fuhren weiter bis zur Achtundsiebzigsten. Es regnete

immer noch, und Gary sprang hinaus und hielt die Tür für die Mädchen auf. Da hatte er einen Einfall.

„Ist schon ziemlich spät", sagte er. „Vielleicht bringe ich euch besser nach Hause."

„Nein, nein, das geht schon", sagte Allison und schlug den Kragen ihrer Jacke hoch. „Danke fürs Mitnehmen. Das war wirklich toll."

„Ja", stimmte Tina zu.

„Seid ihr sicher, daß ich nicht noch ein Stück mitgehen soll?"

„Ist nur noch ein kurzes Stück", sagte Allison. „Wir schaffen's schon."

Enttäuscht zuckte Gary die Schultern. „Wenn ihr meint."

Allison lächelte. „Noch mal vielen Dank!" Dann drehten sie und Tina sich um und verschwanden schnell in der Dunkelheit.

Einen Augenblick lang stand Gary auf der Straße und sah ihnen nach.

Jemand im Wagen räusperte sich kräftig. „Wir warten, Gary!"

„Ja, ja, ich weiß." Gary kletterte wieder in den Lieferwagen und schlug die Tür zu. Er überlegte, wie er Allison wiedersehen könnte.

9

Donnernder Applaus. Gary stand auf der Bühne des Madison Square Garden und mußte angesichts der Riesenmenge jubelnder, kreischender Fans nach Luft schnappen. Es war unglaublich! Phantastisch! Ein Traum wurde wahr! Sie füllten den Raum vor ihm aus und standen dann aus endlosen Sitzreihen auf, die sich nach außen und oben um die gigantische Sportarena ausdehnten. Tausende und Abertausende begeisterter, applaudierender Fans!

Vor Stolz glühend stellte Gary die anderen der Band vor. Der ohrenbetäubende Applaus wurde noch lauter, als er auf Oscar zeigte, der merkwürdigerweise auf einmal einen dichten braunen Haarschopf hatte. Noch lauter wurde es, als Gary Karl zunickte, dessen Gesichtsfarbe auf wundersame Weise heller geworden war. Als er Susan vorstellte, war das Gebrüll so laut, daß er glaubte, gleich taub zu werden.

„GARY! GARY! GARY!" Die Menge schrie seinen Namen wie eine einzige überdimensionale Stimme. Gary war überwältigt. Nie zuvor hatte er solche Ovationen erlebt!

„GARY! GARY! GARY!" Sie drängten nach vorn. Hunderte von Fans kletterten auf die Bühne, umringten die Band und trugen Gary und die andern im wahrsten Sinn des Wortes auf Schultern. Gary fühlte sich in die Luft gehoben. Er sah hinunter und erblickte Hunderte von strahlenden Gesichtern.

Aber ein Gesicht ragte heraus. Es war Allison! Sie war am Rand der Menge und versuchte näherzukommen, aber die Masse der Körper war zu dicht. Gary nahm den Kampf gegen all die Hände und Schultern auf, die zwischen ihnen waren, und versuchte wieder auf die Erde zu kommen, aber es schien hoffnungslos.

„GARY! GARY! GARY!" Sie trugen ihn davon. Gary kämpfte verbissen, aber es waren zu viele. Bald war Allison in dem Meer von Gesichtern um ihn herum nicht mehr zu sehen.

„Gary! Gary!" Jemand klopfte an die Tür. „Aufwachen, Mr. Rockstar!"

Gary wachte mit einem Ruck auf. Es war alles ein Traum

gewesen. Nur ein Traum! Verrückt.

Das Klopfen hielt an. „Telefon für Seine Hoheit, Mr. Rockstar!"

Gary setzte sich auf und schüttelte, noch immer benommen, den Kopf. „Schon gut, schon gut, ich hör dich ja!" schrie er. Aber anstatt aufzustehen, schloß er noch einmal die Augen und stellte sich Allison vor. Erst jetzt, da er halb wach war, konnte er den Traum so enden lassen, wie er es wollte; die Menge löste sich auf, und nur noch er und Allison waren auf der leeren Bühne, im weiten, leeren Madison Square Garden. Nur er und Allison, allein...

„Hast du gut geschlafen, mein Junge?" fragte seine Mutter durch die Tür hindurch und beendete abrupt seine Phantasie. Gary öffnete die Augen und schwang die Beine über die Bettkante.

„Macht es dir irgendein perverses Vergnügen, mich jeden Tag aufzuwecken?" schrie er durch die Tür.

„Immer mit der Ruhe."

Gary seufzte. Er stand auf, zog seine Jeans an, ging hinaus, marschierte geradewegs an seiner Mutter vorbei in die Küche hinunter und nahm den Telefonhörer auf.

„Ja?"

„Steh auf und scheine, strahlende Schönheit!"

„Oh, hallo, Karl", gähnte Gary. „Was gibt's denn?"

„Wie's klingt, dich noch nicht", meinte Karl trocken.

Gary kratzte sich am Kopf und fragte sich, ob es eine Verschwörung gab, die ihn nicht länger als bis zwei Uhr nachmittags schlafen lassen wollte. „Hast du mir was zu sagen, oder freut's dich einfach, mich gähnen zu hören?" fragte er und gähnte wieder.

„Kannst du dich noch an diesen Typ erinnern, Barney Star?" fragte Karl. „Den wir da bei Multigram getroffen haben?"

„Klar, der Typ mit dem Anzug und den Cowboystiefeln", sagte Gary.

„Na, ich habe ihn heut morgen angerufen", erzählte Karl. „Er hat doch gesagt, wir könnten ihn jederzeit anrufen, wenn wir über die Sache reden wollten."

„Und was hat er gemeint?"

„Mh, ich hab ihn heute abend zu unserer Probe eingeladen", sagte Karl.

„Du hast was?" Gary machte drei Riesenschritte Richtung Wachsein.

„Ich dachte, es könnte nicht schaden", sagte Karl. „Wir sind ihm doch zu nichts verpflichtet."

„Ja, schon, Karl, aber wir sind vier Leute in der Band, und bei solchen Dingen haben wir alle gleich viel zu sagen", erwiderte Gary. „Findest du nicht, du hättest uns erst fragen sollen?"

„Ich hatte es mir überlegt und dann geglaubt, daß irgendwo jeder von euch wollte, daß er kommt, aber daß ihr's mir nicht sagen wolltet, aus Angst, mich wegen meiner Mutter zu verletzen."

„Sie ist immerhin unser Manager, Karl."

„Ich sage ja nicht, daß sie's nicht ist", sagte Karl. „Ich will nur hören, was der Typ zu sagen hat. Das kostet uns doch keinen Cent."

Gary wußte nicht so recht. „Bist du da ganz sicher, Karl? Wenn das deine Mutter erfährt, dann ist zwischen ihr und uns alles im Eimer."

Karl schwieg einen Moment lang und sagte dann: „Ja, ich weiß."

„Und du willst trotzdem, daß Star heute abend kommt?"

„Hör mal, ich glaube, langsam kommen wir an einen Punkt, an dem wir uns fragen müssen, wozu wir überhaupt in dieser Idiotenband sind", meinte der Schlagzeuger.

„Wegen uns oder wegen ihr?"

„Hm, wenn man sich's recht überlegt, eigentlich wegen uns", sagte Gary.

„Dann fände ich's echt gut, wenn Star heute abend kommt."

10

Für gewöhnlich führte der Weg zum Übungsraum Gary nicht an der Ripton-Schule vorbei. Aber an diesem Tag nahm er einen anderen Weg. Vor der Schule angekommen, stellte er den Gitarrenkoffer ab und betrachtete den steten Strom Mädchen, die aus den großen Holztüren kamen, als die Glocke den Schultag beendete. Ob wohl Allison darunter sein würde?

Und wirklich sah Gary sie kurz darauf aus der Schule kommen, sie trug einen taubengrauen Pullover, einen schmalen Rock und rosa Legwarmers. Sie hatte eine blaue Nylontasche unter den Arm geklemmt, und ihre langen rötlichbraunen Haare waren zu einem Pferdeschwanz zusammengebunden. Er betrachtete sie, wie sie leichtfüßig die Treppe herabsprang. Doch anstatt den Gehweg hinabzugehen, wie er erwartet hatte, überquerte sie die Straße und kam direkt auf ihn zu.

Plötzlich wußte Gary nicht, was er tun sollte. Er ergriff seinen Gitarrenkoffer, blickte um sich und überlegte, in welche Richtung er sich davonmachen sollte. Zu seiner Rechten war eine Ampel, dorthin ging er und wartete ungeduldig darauf, daß das rote Männchen grün wurde. Das letzte, was ihm jetzt passsieren durfte, war, daß Allison ihn beim Spionieren erwischte.

Da hörte er auch schon ihre Stimme. „Gary?"
Zu spät, dachte er. Er drehte sich um und tat überrascht. „Allison! Was machst du denn hier?"

Allison zeigte auf die Ripton. „Bin eben aus der Schule gekommen. Und was machst du hier?"

„Ach, ich warte hier gerade auf Grün." Während er sprach, sprang die Ampel von Rot auf Grün.

„Jetzt ist es Grün", sagte Allison.

Gary blickte auf die Ampel und wieder zurück zu Allison.

Sie sah ihn seltsam an. „Willst du nicht rübergehen?"

„Willst du?" fragte Gary.

„Nein, ich gehe da lang." Allison zeigte in Richtung Zweite Avenue.

„Hm, eigentlich könnte ich da auch hingehen", sagte Gary.

„Aber das ist ja genau die entgegengesetzte Richtung", meinte Allison.

Gary nahm den Gitarrenkoffer auf. „Ach", sagte er. „Ich kann wahrscheinlich in beide Richtungen gehen."

Allison kniff die Augen zusammen und grinste. „Willst du mich hochnehmen?"

„Keineswegs", versicherte Gary. „Los, gehen wir." Sie gingen die Zweite Avenue entlang. Und jetzt? dachte er. Los, du Trottel, sag irgend was. Er starrte auf ihre Tanztasche.

„Du bist also Tänzerin, hm?" sagte er.

„Ich tanze gern", erwiderte Allison. „Ich weiß nicht recht, ob ich damit schon eine Tänzerin bin."

„Was für Sachen tanzt du denn?" fragte Gary.

„Klassisches Ballett", sagte Allison.

„Aha, so wie *Schwanensee,* was?"

Allison lächelte. „Ja, wie *Schwanensee.*"

Als sie so die Straße entlanggingen, fühlte Gary, daß Allison vor ihm auf der Hut war. Sie verhielt sich höflich und distanziert. So wie man es tut, wenn man mit einem Fremden zusammen ist. Kam das daher, daß Typen immer versuchten, sie anzumachen? Oder weil sie ihn nur als Rocker kannte, der über Clubbühnen fetzte und die Hüften herausfordernd schwang?

„Das klingt jetzt vielleicht doof", sagte er, „aber ich glaube, daß Rock und klassisches Ballett vielleicht mehr gemeinsam haben, als die meisten sich vorstellen."

„Warum?" fragte Allison.

„Weil man bei beidem auf Schau machen muß", erklärte Gary. „Wenn du nämlich in einer Rockband bist, mußt du auf der Bühne eine Wahnsinnsschau abziehen, und beim Ballett muß du dich als total abgestimmte menschliche Maschine bewegen und dich völlig unter Kontrolle haben. Aber wenn ein Rockstar von der Bühne kommt, ist er ein ganz normaler Mensch, genau wie eine Ballerina hinter der Bühne."

Allison schaute ihn an und lächelte. „Hätte ich nicht gedacht. Ich habe noch nie auf einer Bühne gestanden."

„Aber du verstehst, was ich meine?" fragte Gary.

Allison nickte. „Ja. Und ich werd's mir merken, wenn ich das nächste Mal eine Ballerina oder einen Rockstar treffe."

Gary hatte das Gefühl, daß sie ihn nicht ganz ernst nahm. Er kam sich wie ein Idiot vor, wie er so neben ihr herlief und versuchte, ein Gespräch in Gang zu halten. Aber er mußte einfach. Etwas in ihm trieb ihn vorwärts. Es war, als hätte sie eine magische Anziehungskraft auf ihn.

Sie gingen noch ein paar Straßen weiter, und plötzlich hielt Allison an. „Wir sind da."

„Wo?" fragte Gary.

„Bei meiner Ballettschule", sagte Allison.

Gary blickte auf und sah hinter einem Fenster einige

Mädchen in bunten Trainingssachen sich strecken und beugen.

„War nett, daß du mitgekommen bist", sagte Allison. „Hoffentlich ist das nicht zu weit ab von deiner Richtung."

„Oh, nein, natürlich nicht", sagte Gary, während er sich umschaute und bemerkte, daß er nicht sehr weit von einer U-Bahn-Station entfernt war. Wenn er sich nicht beeilte, würde er zu spät zur Probe kommen.

„Also, mach's gut", sagte Allison. Sie drehte sich um und ging in das Gebäude.

„Warte", rief Gary.

Allison hielt inne und sah ihn an.

„Wie oft hast du Ballettunterricht?" fragte er.

„Fast jeden Tag. Warum?"

Gary spürte, wie sich ein blödes Grinsen auf seinem Gesicht abzeichnete. „Ach, nur so. Viel Spaß beim Tanzen."

Allison ging hinein, und Gary schaute ihr nach, bis sie verschwunden war. Dann machte er kehrt und ging schnell zu der U-Bahn-Station. Was war nur über ihn gekommen? Er hatte das Gefühl, als habe er sich wie der letzte Trottel benommen, und dennoch konnte er nicht anders. Je zurückhaltender Allison war, desto mehr wollte er sie kennenlernen. Sie hatte so ein gewisses Etwas – die Art, wie sie schaute, wie sie sich gab –, das alles machte ihn ein bißchen kribbelig, aber das war toll. Er wußte, er wollte sie wiedersehen. Bald.

11

Am Abend also kam Barney Star in den Übungsraum und erzählte ihnen, er könne ihnen Gigs im *Bottom Line* und im *DeLux* beschaffen. Auch einen Plattenvertrag und eine Tournee wären drin. Nachdem er gegangen war, sprach die Band die Angelegenheit durch und stimmte drei gegen eins, ihn auf Probe zu verpflichten. Susan war als einzige dagegen.

Später waren Susan und Gary zusammen auf dem Heimweg, die Gitarren unterm Arm. Es war kälter geworden, und Gary fiel auf, daß die Leute schon Daunenjacken und Mäntel trugen. Nur noch eine Woche, dann war es November. Für ihn und Susan würde es seit vierzehn Jahren der erste November ohne Schule sein.

„So langsam glaube ich wirklich, daß ihr drei Mutter Roesch nur deshalb nicht mehr wollt, weil sie eine Frau ist", sagte Susan. „Wenn sie ein Mann wäre, dann wärt ihr nicht so scharf drauf, sie wegen diesem Barney Star fallenzulassen."

Gary schüttelte den Kopf. „Erst mal bin ich mir überhaupt noch nicht klar darüber, ob ich sie fallenlassen will. Wir haben doch nur beschlossen, Star zur Probe zu nehmen. Ich hoffe bloß, daß Mrs. Roesch nichts davon erfährt, bis wir sicher sind, ob das mit Star Sinn hat oder nicht."

„Ich find's absolut nicht gut, daß ihr das vor ihr geheimhalten wollt", sagte Susan, während sie an einer Straßenecke auf Grün warteten.

Gary fuhr sich mit einer Hand durchs Haar und sog tief die kalte Luft ein. „Jetzt paß mal auf, Sue. Ich weiß, du findest es unehrlich, aber ich hab ja schon Schwierigkeiten, die Band überhaupt zusammenzuhalten. Oscar war schon drauf und dran, es zu stecken, wenn wir es nicht mit Star versuchten. Es ist doch auch so, daß wir im Grund alle enttäuscht sind, wie die Dinge bisher gelaufen sind. Wenn Star wirklich was bringt, wären wir doch bekloppt, ihn nicht zu nehmen."

„Selbst wenn wir dabei Mrs. Roesch anlügen", meinte Susan.

Darauf wußte Gary keine Antwort. Er versuchte nur immer wieder, sich die Alternative vorzustellen: Monat um Monat in kleinen Clubs spielen, ohne weiterzukommen.

Nachdem sie ein paar Straßen weitergegangen waren, kamen sie an einen dunklen Häuserblock, ganz in der Nähe, wo sie wohnten. Es gab dort ein paar leere Grundstücke und einen verlassenen Schulhof, wo manchmal Banden herumlungerten. Als sie die Straße entlanggingen, hörte Gary Musik von Led Zeppelin vom Schulhof herüberwehen. Ein Stück weiter bemerkte er eine Gruppe Jungen, die zusammenstanden und Zigaretten rauchten.

Gary ging mit Susan auf die andere Straßenseite. Als sie an dem Hof vorbeikamen, blieb Gary plötzlich stehen.

„Was gibt's, Gary?" fragte Susan.

„Sehe ich Gespenster oder ist das Thomas?"

Susan blickte zu der Gruppe hinüber. Da war ein Junge, der Thomas sehr ähnlich sah; er trug eine alte Jeansjacke, von der die Ärmel abgerissen waren, darunter ein Sweatshirt mit Kapuze. Wenn das Thomas war, dann war die Zeit, zu der er noch auf die Straße durfte, schon lange vorbei.

Gary ging wieder zurück über die Straße auf die Gruppe zu. Jetzt war er sicher, daß der Junge in der ärmellosen Jeansjacke sein Bruder war.

„He, Thomas", rief er.

Die Jungen wurden still und sahen zu Gary hin. Dann sagte Thomas: „Hä?"

„Kommst du mal kurz her?" sagte Gary. „Ich muß dir was sagen."

Thomas ließ sich ziemlich Zeit und kam dann langsam herübergeschlendert. „Was gibt's?" fragte er, steckte die Hände in die hinteren Hosentaschen und versuchte, cool dreinzuschauen.

„Was machst du denn noch hier?" fragte Gary leise, damit die anderen nichts hören konnten. „Du weißt doch, daß du unter der Woche um diese Zeit schon zu Hause sein mußt."

„Mam hat gesagt, ich soll noch Milch kaufen", flüsterte Thomas zurück.

„Dann mach das jetzt und geh nach Hause", sagte Gary zu ihm.

Thomas zog ein Gesicht und schlurfte wieder zu der Gruppe zurück. Gary und Susan waren schon am Gehen, als sie ihn zu den anderen sagen hörten: „Mein Bruder will, daß ich ihm bei seiner Anlage helfe. Bis dann."

12

In dieser Woche wartete Gary jeden Nachmittag vor der Ripton-Schule auf Allison und begleitete sie zu ihrer Ballettschule. Er hatte vor, sie am Wochenende zu dem Auftritt der Band im *Lounge* einzuladen, aber er wollte noch warten, bis er sie etwas besser kannte. Leider ist es nicht einfach, jemanden kennenzulernen, wenn man mit ihm nur über ein paar Straßen täglich zusammen ist.

Am Freitag nachmittag kamen sie wieder einmal an der Ballettschule an. Die Woche war um, und Gary hatte immer noch nicht das *Lounge* erwähnt. Wie jeden Nachmittag verabschiedete Allison sich von ihm.

„Äh..." Gary war noch immer unsicher. Er mußte sich jetzt schnell etwas einfallen lassen, oder die Chance war vertan. „Meinst du, ich könnte mal mitkommen und zuschauen?" fragte er und nickte mit dem Kopf in Richtung des zweiten Stockwerks.

Allison sah ihn überrascht an. „Wahrscheinlich schon. Aber willst du das denn wirklich?"

„Klar!"

„Wir sind nicht so besonders. Du langweilst dich bestimmt."

„Dann würde ich schon gehen!"

Ein paar Sekunden lang sah Allison ihn forschend an. Gary wußte, daß sie im Laufe der Woche ihre Scheu vor ihm verloren hatte. Nicht, daß sie ihn mit ausgestreckten Armen begrüßt, umarmt und geküßt hätte, aber er hatte bestimmt Fortschritte gemacht.

Sie lächelte flüchtig und nickte. „Okay, wenn du wirklich Lust hast." Sie ging los, und Gary folgte ihr ins Haus hinauf in den zweiten Stock.

Die Gruppe bestand aus acht Mädchen, Allison eingeschlossen, dem Ballettlehrer und einer Dame mittleren Alters mit Brille und grauen Haaren, die am Klavier saß. Gary hockte an der Wand im hinteren Teil des Raums und beobachtete den Lehrer, einen kleinen muskulösen Mann mit kurzen Locken in einem schwarzen Trikot. Er führte die Mädchen durch die einzelnen Tanzschritte und schrie sie mit schriller Stimme an. Gary hatte noch nie zuvor Ballett so nahe gesehen und war verblüfft, wie sehr die Tänzer ihren Körper beherrschten. Das erinnerte ihn an die Körperbeherrschung, die gute Basketballspieler entwickelten – die Fähigkeit, zu fliegen und sich zu drehen und mitten in der

Luft fast die Richtung zu ändern. Einige der Mädchen würden sich sicher gut auf einem Basketballfeld machen, dachte er.

Der Ballettlehrer wiederholte immer wieder die gleichen Tanzschritte, und Gary fühlte sich sehr wohl an seiner Wand; er war wie hypnotisiert von dem Rhythmus der Tänzerinnen und der Klaviermusik. Es schwebte ein gewisser Duft in der Luft, so eine Mischung aus Schweiß und Parfüm, was Gary noch nie zuvor gerochen hatte. Mädchenschweiß, entschied er. Eine Zeitlang betrachtete er Allison. Sie schien völlig auf das Tanzen konzentriert und sah nicht einmal in seine Richtung.

Gary störte das nicht. Er war völlig zufrieden, einfach dazuhocken und zuzuschauen. Während der letzten Woche hatte er festgestellt, daß er sie immer mehr mochte. Sie war nicht laut oder hochnäsig und bedrängte ihn nicht. Sie redete gern, hörte aber auch zu und lachte nicht, wenn er sich wie ein Trottel benahm (was wenigstens einmal während ihres gemeinsamen Ganges vorkam, wie er fand). Sie schien nicht neurotisch oder zickig oder so. Das einzige, was ihn bedrückte, war, daß sie sich ziemlich unnahbar gab und nicht allzuviel über Rockmusik wußte – Schwierigkeiten, die aber zu beheben waren.

Gary war ganz in die Klaviermusik und das Fußgetrappel versunken, das Ächzen und Stöhnen der Tänzerinnen, die schrillen Anweisungen des Lehrers. Seine Gedanken wanderten in eine andere Richtung – wer hätte gedacht, daß eine Rockband so viel Ärger mit sich bringen würde? Ihm war, als zerrte jeder an ihm, und jeder in eine andere Richtung. Seine Mutter, Oscar, Barney Star, Karl, Susan. Und zu allem Übel wurde sein Bruder auch noch ein Punk. Und alles nur, weil er einen schlichten Traum hatte, eine schlichte Vorstellung, die er hochhielt: Rockmusiker zu werden

War das denn zuviel verlangt? War das so unmöglich?

Aus irgendeinem verrückten Grund dachte er auf einmal an Christoph Columbus. Was, wenn die Welt wirklich eine Scheibe gewesen wäre? Dann wäre Columbus kein Held geworden, dann wäre er irgendein Verrückter gewesen, der über den Rand hinausgesegelt wäre und von dem nie wieder jemand gehört hätte. Denn so war es doch, niemand wußte, wie die Form der Erde beschaffen war, bis Columbus sich damals in das Abenteuer stürzte und einfach in See stach. Genauso war es mit der Band. Jeder hatte etwas dazu zu sagen, aber keiner wußte richtig Bescheid. Die einzige Art, sich Klarheit zu verschaffen, war, sich selbst hineinzustürzen.

„Du bist ja tatsächlich noch da!" Einige Zeit später riß Allisons Stimme Gary aus seinen Gedanken. Sie stand vor ihm und wischte sich die Stirn mit einem Handtuch.

„Du bist ein Träumer", sagte sie.

„Nun, ich..."

„Schon gut", sagte sie. „Ich bin auch einer. Ich träume davon, die Solotänzerin in der American Ballet Company im Lincoln Center zu sein. Wovon träumst du?"

Gary sah zu ihr auf und grinste verlegen. „Ich und meine Band und acht ausverkaufte Konzerte im Madison Square Garden."

Allison nickte. Sie gehörte zu den wenigen Leuten, die ihn nicht ansahen, als ob er verrückt wäre, wenn er so etwas sagte. Sie faßte sich ans Rückgrat, beugte sich zurück und zog eine Grimasse.

„Müde?" fragte Gary.

„Der Wulst hat uns heute ganz schön zugesetzt", sagte Allison.

„Der Wulst?" fragte Gary.

Allison deutete auf den Ballettlehrer, der am anderen Ende des Raums gerade mit einer Tänzerin redete. „Das ist sein Spitzname", sagte sie. „Wegen dem Trikot, weißt du."

Gary merkte, daß er rot wurde.

„Wirst du jetzt rot?"

„Ach, äh, weißt du, äh, ich glaube schon", stotterte Gary.

„Bin ich wahrscheinlich auch geworden, als jemand ihn das erste Mal so nannte. Aber du mußt zugeben, es paßt."

„Ähm..."

Allison schüttelte den Kopf. „Ich glaube, ich hab noch nie jemand getroffen, der seine Zeit mit so vielen Ähs, Achs und Ähms verbracht hat wie du."

Gary steckte einen Finger in den Mund und verschob seine Augen. „Ach... du... äh... meinst... hm...?"

„Schon gut. Wartest du noch einen Moment, bis ich mich frisch gemacht habe?" fragte Allison.

„Ach... ja... äh..., wenn du... hm... meinst?"

Nach der Ballettstunde begleitete Gary Allison nach Hause.

„Ich gebe zu, daß ich nie gedacht hätte, daß Rockmusiker auch ernsthaft sein können", sagte sie, als sie die Straße entlanggingen, die mit Ziegelwänden und nackten, blattlosen Bäumen gesäumt war. „Die meisten Jungen, die ich kenne, wissen entweder überhaupt nichts mit ihrem Leben anzufangen oder wissen schon, daß sie Rechtsanwalt oder Arzt werden wollen. Es ist erstaunlich, jemanden zu treffen, der tatsächlich eigene Gedanken hat."

Gary lächelte.

„Ist das nicht sehr schwierig?" fragte Allison. „Ich meine, machen sich deine Eltern keine Sorgen, daß du nicht aufs College gehst?"

„Klar, aber sie können mich nicht bremsen", meinte Gary.

„Wie sollten sie auch?"

„Weiß nicht", sagte Allison. „Meine Eltern jedenfalls würden mich sofort bremsen, wenn ich so etwas machen würde."

Sie erreichten Allisons Haus, ein großes, ziemlich prunkvolles Gebäude. Es war dunkel und kalt, und Gary hatte seine Lederjacke bis zum Hals zugemacht. Sie standen auf dem Gehweg vor dem Haus, als eine lange schwarze Limousine vorfuhr. Unter dem Vordach des Hauses hielt ein Portier in grüner Uniform eine große glänzende Messingtür auf für einen Mann im Smoking und eine Frau im Pelzmantel über einem langen Abendkleid.

Gary war immer noch dabei, sich ein Herz zu fassen und Allison für das Konzert in der *Lounge* einzuladen. Er merkte, daß ihm der Mund offenstand und Allison ihn erwartungsvoll ansah.

„Hast du denn auch am Wochenende Ballettstunde?" fragte er.

„Samstags manchmal", sagte Allison. „Wenn ich nichts Besseres vorhabe."

Gary spürte, wie seine Nerven zum Zerreißen gespannt waren. Wenn das kein Zeichen war! Jetzt aber los, tote Hose, dachte er, das ist die Gelegenheit, auf die du die ganze Woche gewartet hast!

„Ähm, hättest du denn Lust, uns Samstagabend zu sehen?" fragte er.

„Gern", antwortete Allison.

Gary fiel ein Felsbrocken vom Herzen. „Na, toll", sagte er. „Wir spielen im *Lounge*, kennst du ja. Wir fangen so gegen zehn an und spielen bis zwei. Das ist doch nicht zu spät, oder?"

Allison schüttelte den Kopf. „Ich glaube, das läßt sich machen."

Sie lächelten einander zu, als ob sie beide froh wären, daß

die Verabredung so leicht zustande gekommen war. Dann schaute Allison ein wenig verlegen drein. „Es ist wohl besser, wenn ich jetzt gehe. Bis Samstagabend also!" Sie ging.

Gary stand auf dem Gehweg und sah, wie der Portier für Allison die Tür aufhielt. „Guten Abend, Miss Ollquist", sagte er.

Drinnen drehte Allison sich noch einmal um und winkte ihm zu. Gary winkte zurück und machte sich auf den Heimweg.

13

Am Samstag, zwei Stunden nach Mitternacht, standen die Coming Attractions hinter der Bühne des *Lounge* und genossen den lauten Applaus. „Zugabe! Zugabe! Zugabe!" tönte es aus dem Publikum, während Gary eine kalte Bierflasche auf seiner Stirn hin und her rollte, um sich abzukühlen. Neben ihm wischte sich Oscar das Gesicht mit einem Handtuch ab, und Mrs. Roesch fönte Susans schweißnasse Haare.

„Das war eine tolle Show", sagte Mrs. Roesch. „Einfach toll!"

Gary nickte und fühlte sich ein wenig schuldig. Er hatte dieses Schuldgefühl, seit die Band übereingekommen war, es mit Barney Star auf Probe zu versuchen. Natürlich wußte Mrs. Roesch noch nichts davon.

Die Rufe „Zugabe! Zugabe! Zugabe!" wurden jetzt schneller und waren von rhythmischem Fußstampfen begleitet.

„Seit ihr bereit für eure Zugabe?" fragte Mrs. Roesch.

„Sobald Karl vom Klo kommt", sagte Gary.

„Da kommt er schon", sagte Oscar. Gleich darauf erschien Karl im Gang und wischte sich die Hände an den Jeans trocken.

„Man sollte meinen, daß sie wenigstens Papiertücher ins Männerklo hängen könnten", sagte er angeekelt.

„Los, gehn wir", sagte Gary, nahm die Gitarre auf und kletterte zurück auf die Bühne. Sobald die Menge ihn sah, fing sie an zu pfeifen und zu johlen. Gary winkte zurück und steckte das Gitarrenkabel in den Verstärker. Während die anderen nachkamen, versuchte er Allisons Gesicht in der Menge auszumachen. Auch wenn sie da war, er konnte ihr Gesicht nicht entdecken.

Er warf einen Blick hinter sich auf die Band und preßte dann die Lippen ans Mikrofon. „A-one, a-two, a-three!"

Sie schlugen ein paar einleitende Akkorde, die Scheinwerfer gingen an und strahlten ihnen direkt in die Augen. Die Lautstärke war tödlich. Karls Schlagzeug explodierte. Susan entfesselte einen Wirbelsturm von Baßläufen, und Oscars Synthesizer bebte heftig. Gary stürzte sich in einen Song:

> *„You're having a party, but things are kind of slow.*
> *Nobody's dancing, the music's too low.*
> *So turn up the volume, then turn it up some more.*
> *Get your friends up on their feet*
> *and stompin' on the floor."*

Susan, Karl und Oscar fielen in den Refrain:

> *„Turn it up! Turn it up!*
> *Roll up those old rugs.*
> *Turn it up! Turn it up!*

Buy the neighbors some earplugs.
Turn it up! Turn it up!
There's no such thing as too high.
Turn it up! Turn it up!
Make that stereo cry!"

Gary glitt vom Mikrofon weg und hämmerte einen höllischen Riff. Schweiß tropfte ihm von der Stirn. Die Scheinwerfer waren heiß und stachen ihn in die Augen, aber er fühlte sich gelöst und voller Power. Der Tanzraum war voll, und die Leute im Publikum klatschten im Rhythmus der Musik. Gary grinste, während seine Finger schnell den Gitarrenhals auf und ab liefen. Alle waren happy, alle waren in der Musik drin. Und das war die Hauptsache. Er sprang zurück zum Mikrofon und sang den nächsten Vers:

„*You're on the highway,*
  there's a traffic jam for miles.
Don't bother getting ticked off,
  it's only one of life's trials.
Just flip on that radio
  and make that music play.
Pretty soon it won't matter
  if you're stuck in that jam all day."

Gary ließ die Gitarre los, klatschte mit den Händen über dem Kopf und riß das Publikum mit. Bald klatschten sie nicht nur, sondern sangen mit, wenn die Band den Refrain anstimmte:

„*Turn it up! Turn it up!*
Don't worry about blowing the speakers.
Turn it up! Turn it up!

They're just an old pair of squeakers.
Turn it up! Turn it up!
Don't think about the date you're missin'.
Turn it up! Turn it up!
Invite the girls in the next car to listen!"

Die Band fiel in einen längeren Break. Oscars Finger waren überall auf dem Synthesizer, und das Bügelbrett wackelte bedenklich. Auf der anderen Seite der Bühne haute Susan einen Baßlauf heraus und sang dazu noch den Refrain. Im Hintergrund hielt Karl alles mit einem steten Trommelgedonner zusammen.

Dann rannte Gary zurück zum Mikrofon:

„You're home alone,
  you forgot to make a date.
Your parents have gone out
  and they won't be home till late.
So you get out your ax and
  start fooling around.
Till you get it just right with those
  really funky sounds."

Das Publikum war am Durchdrehen. Die Band liebte nichts mehr, als eine Masse in diese Art halbkontrollierten Wahnsinn zu treiben. Scheiß auf die Musikindustrie. Scheiß auf die Promotypen, die sich für Götter hielten. All das war vergessen, als sie sangen:

„Turn it up! Turn it up!
Let it rock you to your toes.
Turn it up! Turn it up!
Who knows how high it really goes.

> *Turn it up! Turn it up!*
> *'Cause, people, this is the whole deal.*
> ***THE LOUDER IT GETS, THE BETTER***
> ***WE FEEL!"***

Der letzte Break dröhnte, und die Band drehte die Lautstärke auf, bis fast die Ohren abfielen. Der ganze Schuppen war auf den Beinen. Oscar ließ seinen Synthesizer stehen und trat an den Bühnenrand vor, einen Mikrofonständer über dem Kopf, und schrie:

> *„Turn it up! Turn it up!*
> *Hey, gimme more bass.*
> *Turn it up! Turn it up!*
> *Blow me into outer space.*
> *Turn it up! Turn it up!*
> *You know we're never gonna tire.*
> *Turn it up! Turn it up!*
> *As long as the volume gets higher!"*

Die Menge applaudierte stehend, als Gary und die Band sich zum Schluß verbeugten und die Scheinwerfer über das Publikum schwenkten. Mrs. Roesch hatte recht. Es war eine tolle Show.

Nur eins an dem Abend war für Gary entmutigend, nämlich, daß er Allison nicht gesehen hatte. Dennoch hatte er Hoffnung. Der Club war so überfüllt, daß er sie leicht hatte übersehen können. Es gab nur eine Möglichkeit für ihn, sich Gewißheit zu verschaffen. Anstatt mit den anderen zurück in den Umkleideraum zu gehen, machte er kehrt und mischte sich unters Publikum.

Allison saß nicht an einem der Tische nahe der Bühne, so

daß Gary sich in Richtung Bar hinten im Saal durchkämpfte. Er hatte nicht viel Hoffnung, sie dort zu finden. Die Bar in Rockclubs war meistens der Ort, wo einzelne Jungen hinkamen, die mehr darauf aus waren, Mädchen zu treffen als sich die Musik anzuhören, und der Qualm hier war so dick, daß Garys Augen zu brennen begannen. Zu dieser Zeit waren die einzigen Typen, die immer noch herumhingen, entweder total abgebrannt oder einfach zu betrunken, um ernsthafte Anstrengungen zu unternehmen, nach Hause zu gehen.

Gary wollte die Suche schon aufgeben, als er etwas sah, das ihn erstarren ließ. Da stand Allison an die Bar gelehnt, keine zwei Meter von ihm entfernt. Was ihn aber schockte, war, daß da ein Typ neben ihr an der Bar hing.

Sekundenlang regte Gary sich nicht. Allison trug ein schwarzes Trikot, darüber ein kurzes rotes Kleid und eine Schaffelljacke. So wie sie da an der Bar lehnte und ein Glas in der Hand hielt, hatte sie nur wenig Ähnlichkeit mit einem klassischen Ripton-Mädchen. Der Typ, mit dem sie redete, stand mit dem Gesicht zu ihr und mit dem Rücken zu Gary. Es war offensichtlich, daß er nicht oft hierher kam. Die meisten Stammgäste kamen in den neuesten ausgeflippten Klamotten und Frisuren an, aber der Typ, der da mit Allison redete, trug einen Anzug.

Gary wußte nicht, was er tun sollte. Er hatte eigentlich gedacht, daß Allison, wenn sie ins *Lounge* kam, sich mit ihm und der Band treffen wollte. Was aber, wenn dieser Typ ihr Freund war? Irgendein Student, den sie einfach „vergessen" hatte zu erwähnen? Gary wurde übel bei dem Gedanken daran. Nein, sagte er sich, das kann nicht sein. Das konnte sie ihm nicht antun. Oder doch?

Es gab nur eins, das herauszufinden. Als er näher kam, hörte er den Mann sagen: „Ich mache aus Leuten Stars.

Wenn sie zu mir kommen, sind sie nichts, wenn sie gehen, sind sie berühmt."

Moment mal, dachte Gary, die Stimme kennst du doch! Da bemerkte ihn Allison. Sie setzte ein breites Lächeln auf, nahm ihn am Arm und zog ihn zu sich her.

„Mensch, Gary, das Konzert war absolute Spitze", sagte sie.

„Ähm, danke, Allison", sagte Gary. Er stand kurz vor dem totalen Zusammenbruch. Der Typ bei Allison war kein anderer als Barney Star. Einen Augenblick lang waren beide sprachlos vor Verblüffung.

„Gary, du kennst doch Barney", sagte Allison. „Er hat mir gerade erzählt, daß er euer neuer Manager ist."

Barney hatte ein Grinsen im Gesicht, das mindestens eine Meile breit war. „Ich bin grad mal so reingeschneit, um euch zu sehen, Gary. Das war das Schärfste, das absolut Schärfste."

Doch Gary war nicht auf den Kopf gefallen. Barney hatte nicht nur versucht, Allison abzuschleppen, wie kam er überhaupt dazu, zu erzählen, er würde die Band managen?

Barney hatte Garys Zorn wohl gespürt, denn er sagte schnell: „Ihr beiden kennt euch doch nicht etwa? Das hab ich echt nicht wissen können. Ich muß mich bei euch entschuldigen. Ich hab nur so'n bißchen rumgeredet, weißt du, hatte doch keine Ahnung, daß ihr..."

Allison nickte und drückte Garys Arm weiter fest.

„Ja, Mann, das war wirklich ein unglaublicher Auftritt", sagte Barney. „Ungeheuer. Wenn wir davon etwas auf Band hätten, dann wäre der Vertrag da, so schnell kannst du gar nicht gucken. Kannst du mir glauben."

Gary nickte, er ärgerte sich noch immer. „Hör mal zu, Barney", sagte er. „Keiner hat davon gesprochen, daß du uns wirklich managst. Ich hatte eigentlich gedacht, daß wir erst mal sehen wollen, was du wirklich für uns tun kannst."

„Ey, du, versteh mich nicht falsch", sagte Barney schnell. Mit seiner Brille sah er aus wie ein großer grinsender Frosch. „Ich hab grad zu Allison gesagt, wie gern ich euer neuer Manager *wäre*. Ihr Jungs habt doch ein Supertalent. Wär mir 'ne Ehre, für euch arbeiten zu können."

Gary wurde ein wenig gelassener. Er war froh darüber, daß Allison das auch hörte. „Dann hat's dir also gefallen?"

„Gefallen? Das war phantastisch! Ihr seid oberscharf, aber echt." Barney hielt inne und zündete sich eine seiner dünnen Zigarillos an. „Ihr sagt mir, was ihr wollt. Multideals? Sportwagen? Ein Haus am Meer? Ihr wollt in den *Garden*? Ins *Spectrum*? Gebongt. Heute in sechs Monaten bist du in der Lage, den Telefonhörer abzunehmen und irgendeinem Plattenfirmenchef zu sagen, deine Großmutter will nach Miami Beach, und du brauchst 'nen Jet übers Wochenende... du kriegst ihn!"

Gary lächelte. Zumindest hatte Barney Phantasie.

„Paß auf", sagte Barney. „Ich hab eurem Drummer Karl gesagt, daß ich an ein paar Möglichkeiten für euch arbeiten werde. Jetzt, nachdem ich eure Show gesehen habe, sind mir ein paar glasharte Ideen gekommen. Ihr werdet bald von mir hören, garantiert." Er streckte Gary die Hand hin, und der schlug ein. Barney klopfte ihm auf die Schulter. „Tut mir leid, ey, daß ich deine Braut angemacht habe. Ich hatte einfach keine Ahnung. Okay?"

„Ist okay", sagte Gary.

Barney grinste. „Also, ich muß jetzt zischen. Eine meiner Bands reißt 'ne Aufnahmesession ab. Geht die ganze Nacht durch. Die Jungs sind so heiß, daß die Plattenfirma überall Sicherheitsleute aufgestellt hat, damit keiner mit Tapes abhaut. Irre. Bis dann!" Er verschwand in der Menge.

Gary sah Allison an. „Tja, das war Barney Star."

„Er war köstlich", sagte Allison. Sie ließ Garys Arm los und stellte ihr Glas auf die Bar. Gary sah, daß es noch voll war.

„Komm", sagte er, „wir gehn jetzt besser zum Bus, sonst fahren die noch ohne uns ab." Er drehte sich um und griff nach Allisons Hand. Als ihre Hand in die seine glitt, fühlte Gary sein Herz klopfen wie eine Snaredrum.

14

Etwas später hielt Mrs. Roesch an der Ecke 78. und Dritte Avenue an, und Gary und Allison stiegen aus dem Bus.

Beim Wegfahren streckte Karl den Kopf aus dem Fenster und rief: „Ey, ihr, immer hübsch sauber bleiben!"

Gary sah zu Allison im Dunkeln hin. Sie kicherte.

Sie gingen die dunkle, ruhige Straße entlang. Es war wieder kühl geworden – der Winter stand endgültig vor der Tür. Allison zog sich den Kragen ihrer Schaffelljacke fest um den Hals. Gary schaute auf die Uhr. „Werden sich deine Eltern nicht wundern, wo du bleibst?" fragte er.

„Ich hab ihnen gesagt, daß es heute spät würde", meinte Allison und machte die Jacke fest zu.

„Sagen sie denn nichts?"

„Sie freuen sich nicht gerade darüber", sagte Allison. „Aber sie haben Vertrauen in mich."

Sie erreichten die Ecke Lexington und 78. Avenue. Alle Geschäfte und Restaurants waren geschlossen, aber auf der Straße war immer noch viel Verkehr. Der Verkehr in New York hörte nie auf. Ein paar Straßen weiter sah Gary ein hell erleuchtetes Café. „Sollen wir da reingehen?" fragte er.

Allison zögerte, sie fröstelte ein wenig. „Wir können zu mir gehen, aber wir müssen leise sein."

„Wirklich?" fragte Gary.

„Nur, wenn wir auch leise sind."

Sie gingen weiter Richtung Allisons Haus. Auch wenn Gary daran gewöhnt war, spät aufzubleiben, war er nicht gern um diese Zeit noch unterwegs. Es war fast wie eine Einladung, überfallen zu werden. Erleichtert stellte er fest, daß Allison schnell ging.

„Wie hat dir denn nun das Konzert heute gefallen?" fragte er, während er schnell neben ihr in der Dunkelheit herging.

„Mir hat's sehr gut gefallen", sagte Allison.

„Gefällt dir Rockmusik jetzt besser?"

„Ich hab nie gesagt, daß ich sie nicht mag, Gary!"

„Aber magst du nicht lieber klassische Musik?" fragte Gary. „Schließlich tanzt du doch dazu!"

„In der Ballettstunde tanze ich dazu", sagte Allison. „Aber manchmal, wenn ich zu Hause ein bißchen übe, höre ich gern Rock."

„Wirklich?" Gary war erfreut, das zu hören. „Welche Gruppen magst du?"

Allison überlegte einen Moment. „Ich merke mir die Namen der Gruppen nicht so genau. Ich glaube, eine heißt The Usual Suspects."

„Ja, die sind gut", meinte Gary.

„Und da ist noch eine Band, die ich erst vor kurzem gehört habe", sagte Allison.

„Wer?" fragte Gary.

„Ich kann mich nicht an den Namen erinnern", sagte Allison, „aber die haben einen tollen Leadgitarristen und eins ihrer Stücke geht so ähnlich wie ‚*Turn it up! Turn it up!*'"

Gary lachte „Ja richtig, das ist..., wie heißen sie doch gleich?"

Endlich waren sie angekommen; ein schläfriger Portier in grüner Uniform mit Goldknöpfen ließ sie herein. „Guten Abend, Miss Ollquist", sagte der alte Mann zu Allison, wobei er sich keine Mühe gab, die Mißbilligung in seiner Stimme zu verbergen. Er legte einen Hebel um, und der Aufzug schlich nach oben.

Allison lächelte ihn höflich an. „Wie geht's denn so, Mr. Green?"

„Nicht besser und auch nicht schlechter", antwortete Mr. Green scharf. Der Fahrstuhl stoppte, und der alte Mann öffnete die Tür. „Soll ich warten, Miss Ollquist?" fragte er und sah Gary immer noch giftig an.

„Nein, danke, Mr. Green", sagte Allison. „Wir rufen Sie, wenn wir Sie brauchen."

„Reichlich spät für Besuch, finden Sie nicht, Miss Ollquist?" fragte Mr. Green stirnrunzelnd.

Allison seufzte. „Schön, daß Sie sich drum kümmern, Mr. Green", sagte sie, während sie ihre Taschen nach dem Wohnungsschlüssel durchwühlte.

Green grummelte noch etwas, das Gary nicht verstand, und knallte die Fahrstuhltür zu. Gary schaute sich in dem kleinen Vorraum um, in den sie getreten waren. Es sah aus wie ein Foyer. Endlich hatte Allison ihre Schlüssel gefunden und schloß die Tür auf.

„Was ist denn los mit diesem Typ?" fragte Gary.

Allison hielt einen Finger an die Lippen und flüsterte: „Er meint, er sei mein Ersatzvater. Er kennt mich, seit ich so klein war." Sie bückte sich und hielt die Hand etwa 30 Zentimeter über den Fußboden.

„Der ist ja freundlich", flüsterte Gary.

„Nur übervorsichtig, wie alle anderen auch", meinte Allison und öffnete lautlos die Tür. Drinnen im Flur war Licht, und Allison ging hinein, gefolgt von Gary. Der Gang war breit und hoch und mit Gemälden behangen. In einer solchen Wohnung war Gary noch nie gewesen. Er folgte Allison durch eine Reihe von Zimmern, bis sie schließlich in der Küche ankamen. Nur war diese Küche etwa halb so groß wie die ganze Wohnung seiner Eltern.

„Wir müssen leise sein", sagte Allison mit gedämpfter Stimme. „Mein Vater hat einen leichten Schlaf."

„Macht's dir was aus, wenn ich dich frage, was dein Vater macht?" Gary blickte sich scheu um.

„Er ist Rechtsanwalt", sagte Allison und machte einen Kühlschrank auf, der etwa die Größe der Aufzugskabine hatte, in der sie gerade gewesen waren. Es gab auch einen riesigen Gasherd, wie man sie in Restaurants sieht, einen Mikrowellenherd und so um die hundert Töpfe und Pfannen und andere Küchengeräte, die an der Wand hingen.

„Er muß ein ziemlich guter Anwalt sein", bemerkte Gary.

„Eigentlich ist er ja ein Partner in seiner eigenen Firma", erklärte Allison. „Ollquist, Sloan und Barnes. Nie davon gehört?"

„Nein. Die einzige Firma, von der ich gehört habe, ist Dewey, Cheathem und Howe", sagte Gary.

Allison biß sich auf die Lippen und kicherte. „Das hätte mein Vater hören sollen; hätte ihm gefallen", sagte sie, während sie in das Tiefkühlfach schaute. „Magst du Eis?"

„Na klar", gab Gary zurück.

„Welchen Geschmack?" fragte Allison.

„Was hast du anzubieten?"

Gary sah ihr über die Schulter und in das Tiefkühlfach. Es war unglaublich – ein halbes Dutzend sorgsam geordnete Reihen von Eisbechern mit so ungefähr jeder Geschmacksrichtung, die man sich vorstellen kann, zwei, drei Schachteln von jeder Sorte aufeinander und in alphabetischer Reihenfolge. Buttermandeln, Mokka, Schokolade, Schokolade mit Mandeln, Schokolade mit Schokoladenstückchen...

„Das ist ja wie in einem Geschäft hier", sagte Gary.

„Meine Mutter ist eben so", sagte Allison.

Noch einmal blickte Gary sich in der Küche um. Da war noch etwas, das er zuvor nicht bemerkt hatte. Alles war in perfekter Ordnung. Die Töpfe an der Wand waren der Reihe nach vom kleinsten bis zum größten Topf angeordnet. Überhaupt waren alle Geräte der Größe nach aufgestellt. Kleinkram und Durcheinander auf dem Küchentisch gab es nicht. Alles war ordentlich arrangiert, nach Größe, Farbe oder Form.

„Es ist bei ihr ein wenig zwanghaft", meinte Allison.

Gary nickte nur.

„Welche Sorte willst du also?"

„Schokolade mit Schokoladenstückchen."

Allison nahm eine Packung heraus. Dann holte sie eine Schale aus dem Schrank. „Willst du auch Plätzchen?"

Gary wollte, und Allison öffnete eine weitere Schranktür. Hinter dieser standen in Reih und Glied Dosen mit Butterplätzchen. Wieder in alphabetischer Reihenfolge. Gary wählte Plätzchen mit Schokoladenstückchen.

„Schokolade und Plätzchen mit Schokoladenstückchen?" wunderte sich Allison

„Ich bin ein ganz Süßer", erklärte Gary.

Allison brachte alles auf den Tisch. Sie reichte ihm einen Riesenteller Eis, während sie selbst nur einen kleinen Teller nahm. Dann stellte sie Plätzchen auf den Tisch.

„Warum stellt deine Mutter denn alles in alphabetischer Reihenfolge auf?" fragte Gary, während er das Eis löffelte.

„So ist sie einfach", sagte Allison. „Manchmal denke ich, wenn meine Eltern noch ein Kind kriegten, würde sein

Name mit B anfangen und der des nächsten mit C."

„Dann hast du also keine Geschwister?" fragte Gary.

Allison schüttelte den Kopf.

„Wie ist es so als Einzelkind?"

Allison überlegte einen Augenblick und sagte dann: „Es ist wahrscheinlich so ähnlich, wie wenn man ein Rockstar ist und einen Fan-Club hat, der nur aus zwei Leuten besteht. Mutter und Vater."

„Klingt nicht schlecht", meinte Gary und biß in ein Plätzchen.

„Ja, solange du das machst, was dein Fan-Club will", sagte Allison. „In dem Moment, wo du irgendwas anderes machst, ist es die Hölle."

„Sie sind ziemlich streng, was?"

Allison spielte mit ihrem Löffel. „Streng ist nicht der richtige Ausdruck. Man könnte eher sagen, sie engen mich manchmal ein. Sie lassen mich bis spät wegbleiben, aber am nächsten Tag wollen sie ganz genau wissen, was ich gemacht habe."

„Kannst du ihnen nicht sagen, sie sollen damit aufhören?" fragte Gary und dachte dabei an seine Mutter.

Allison lächelte. „Das würde wohl nicht gutgehen."

„Was könnten sie denn machen?"

„Sie könnten mich vielleicht in eine Privatschule für Mädchen irgendwo hinten in Nebraska schicken", meinte Allison.

„Bloß weil du sagst, sie sollen das lassen?" fragte Gary ungläubig.

„Nein, wahrscheinlich müßte ich dafür schon was Schlimmeres anstellen", sagte Allison.

Gary schüttelte verwunderte den Kopf. „Meiner Mutter muß ich mindestens einmal am Tag sagen, mich in Ruhe zu lassen."

Allison schien interessiert. „Und was macht sie dann?"

Gary zuckte mit den Schultern. „Sie schert sich nicht drum und motzt weiter."

„Worüber?"

„Darüber, daß ich zu lange schlafe und Musiker bin und nicht aufs College gehe. Sie ist davon überzeugt, daß ich eines schönen Tages als Penner an irgendeiner Straßenecke sitze und die Leute um Cents anhaue."

„Glaubst du, das könnte passieren?"

„Na, hoffentlich nicht", sagte Gary. „Die Sache ist eben die, im Rockgeschäft weißt du nie, was kommt. Du kannst dein Leben lang alles versuchen und kommst auf keinen grünen Zweig. Es gibt einfach keine Garantie, wie du sie hast, wenn du Anwalt oder Arzt werden willst. Wie doof du auch bist, du kriegst immer 'nen Job, wenn du einen willst. Ist doch so."

Allison nickte. „Du solltest mal meinen Vater hören, was der über ein paar Kollegen sagt, mit denen er zu tun hat."

„Klar, du, es gibt mindestens so viele kaputte Anwälte, wie es kaputte Rockbands gibt", sagte Gary. „Aber irgendwie sind's halt nur die Bands, die mit dreißig einen Ruf als Junkies haben und sich ruinieren."

„Aber bei vielen stimmt's doch, oder?"

„Ja, bei manchen schon", gab Gary zu. „Aber manche Bands gibt es zwanzig Jahre und noch länger. Sieh dir die Stones oder die Who an. Klar, die haben öfter mal die Sau rausgelassen, aber die Zeiten waren auch danach, und es ist nun mal ein schräges Geschäft. Aber irgendwie haben es die Typen geschafft, über eine lange Zeit echt gute Musik zu machen. Und da steckt eine Menge Arbeit drin. Das Dumme ist, daß die meisten Leute außerhalb des Geschäfts die Arbeit nicht sehen. Das einzige, was sie sehen, ist ein Haufen langhaariger, zugeknallter Typen, die den ganzen

Tag schlafen und die ganze Nacht Musik spielen. Das kommt daher, weil die Medien dieses Image immer wiederholen. Wer würde sich denn auch für Musiker interessieren, die in der Schlafstadt wohnen, um sieben aufstehen, mit der S-Bahn ins Studio fahren und den ganzen Tag in Schlips und Kragen proben?"

Allison grinste und hielt einen Finger an die Lippen.

Gary merkte, daß er sich heiß geredet hatte. „Entschuldigung", sagte er leise. „Meinst du, ich hab deinen Alten aufgeweckt?"

Allison schüttelte den Kopf. „Du bist ja ziemlich engagiert!" Sie schien belustigt.

Gary zuckte die Schultern. Er sah auf die Küchenuhr. So langsam wurde es ziemlich spät, aber er wollte noch nicht weg. Er sah Allison wieder an. Eine Sache war da noch, die mußte er klären. Sie war ins *Lounge* gekommen, um ihn zu sehen. Sie waren Hand in Hand gegangen. Den ganzen Abend hatte er das Gefühl, daß sie sich immer nähergekommen waren. Aber was bedeutete das alles? Diese Frage wollte er gern stellen, aber das war eine Frage, die man nicht mit Worten stellt.

Sein Herz klopfte schneller als die Kolben einer Suzuki, als er aufstand, um den Tisch ging und bei Allison kniete, so daß ihre Gesichter nur wenige Zentimeter auseinander waren. Ein einziges Mal war er ähnlich aufgeregt gewesen, das war, als die Band zum ersten Mal vor Publikum gespielt hatte.

Allison wirkte nicht nervös, aber Gary hatte das Gefühl, daß sie es doch war. Sie verbarg es nur besser als er. Ein paar Augenblicke lang verharrten sie bewegungslos und sahen einander in die Augen. Gary konnte das Summen des Kühlschranks und das dumpfe schwache Brummen des Verkehrs draußen in der Stadt hören. Er roch Allisons

Parfüm, und er wußte, daß er sie küssen wollte. Er beugte sich nach vorn, bis seine Lippen die ihren berührten.

Allison erwiderte sanft den Kuß. Gary versuchte ruhig und weich zu bleiben, aber wären in diesem Moment ein Dutzend Glühbirnen an ihn angeschlossen gewesen, sie hätten sonnenhell geleuchtet. Dann sahen sie einander an. Gary mußte sie noch einmal küssen, und er tat es.

Es war ihm, als küßten sie sich eine Ewigkeit. Gary wußte nicht, wie lange es gedauert hatte, doch als Allison sich von ihm löste, um etwas Lippenpomade aufzutragen, bemerkte er, daß ihre Lippen wund waren. Und es war sehr spät geworden. Allison gähnte, und auch Gary war müde geworden. Es wäre schön gewesen, hätte er nicht zurück in die Kälte gemußt und statt dessen die Nacht mit Allison verbringen können. Das wär's gewesen, Junge.

Er wich ein Stück zurück, und sie sahen einander in die Augen. Manchmal, ganz früh am Morgen, kam die Stadt doch noch zur Ruhe. Dann kam es ihm vor, auch wenn er noch wach war, als wäre er in einem Traum. Jetzt ging es ihm ebenso. Wie in einem Traum, in dem er, ein junger Rockstar, in dieser großartigen Wohnung mit einem schönen Mädchen saß. Nur daß die Wohnung ihm gehörte. Und daß er die ganze Woche mit der Band in irgendeinem Superaufnahmestudio gearbeitet und die zehnte LP geschnitten hatte. Gleich beim Erscheinen der Platte würden sie auf Tournee durchs ganze Land gehen, anschließend nach Europa und Japan. Danach ein Monat Urlaub auf Tahiti, dann wieder zurück ins Studio, um das elfte Album aufzunehmen. Und so weiter...

Ein schöner Traum, dachte er. Wenn er nur wahr würde. Allison gähnte zum zweiten Mal.

Gary hievte sich aus dem Stuhl. „Ich geh wohl jetzt besser", sagte er.

Allison nickte. Sie begleitete ihn aus der Wohnung ins Foyer, wo sie zusammen auf den Fahrstuhl warteten. Er legte die Arme um sie. Sie fühlte sich schlank an – der Körper einer Tänzerin. Ihre Lippen trafen sich, ein Kuß wie ein Traum, beider Körper berührten sich kaum.

Die Aufzugtür knallte auf, und Mr. Green starrte sie an.

„Oh, Mr. Green", sagte Allison ärgerlich, die Hände an die Brust gedrückt und nach Atem ringend. „Sie haben uns einen ganz schönen Schrecken eingejagt!"

Green öffnete die Aufzugtür mit steinerner Miene. Gary kam es vor, als hätte jemand auf ihn geschossen, als er es gerade noch in den Fahrstuhl schaffte. Allison winkte ihm nach, dann fuhr er im Aufzug abwärts. Aus der Traumwelt zurück auf die Erde.

15

Ein Klopfen. Gary hörte es irgendwo tief im Schlaf. Klong, klong, klong, gegen die Tür. Nicht gut, hau ab, laß mich schlafen. Das Klopfen hörte nicht auf. Seine innere Uhr sagte ihm, daß es viel zu früh zum Aufwachen war, trotzdem kam er langsam zu Bewußtsein.

Gary öffnete müde ein Auge. Der Wecker an seinem Bett war kaum zu erkennen, völlig verschwommen. Langsam wurde das Zifferblatt schärfer. O nein! Erst halb elf morgens. Er war erst vor viereinhalb Stunden ins Bett gegangen.

Gary zog sich die Decke über den Kopf und drückte sie gegen die Ohren. Warum ließen sie ihn nicht mehr schlafen? Warum nahmen sie keine Rücksicht auf ihn? Er brauchte seinen Schlaf wie jeder andere auch. Warum konnten sie ihn nicht in Ruhe lassen?

„Gary?"

„Hau ab", raunzte er.

Er hörte die Türangeln quietschen. Jemand öffnete die Tür. Gary linste unter dem Kissen hervor. Etwas Hellblaues bewegte sich langsam in der Tür. Der Prozeß des Erkennens und Identifizierens lief bei ihm noch sehr langsam ab. Hellblau = Zahnarztkittel = Vater. Gary zog die Decke wieder über den Kopf

Er hörte, wie geflüstert wurde. „Er schläft", sagte die Stimme seines Vaters.

„Macht nichts", antwortete die Stimme seiner Mutter.

„Hat das nicht noch Zeit?"

„Nein."

Schritte näherten sich leise. Den Kopf noch unter dem Kissen, stellte Gary sich Schuhe mit Flügelspitzen vor, die auf seine Lieblingsgitarre traten. Eine Stimme sagte: „Gary?"

„Was?" ächzte Gary.

„Wir müssen uns mal unterhalten", sagte sein Vater.

„Später, ich schlafe", stöhnte Gary.

Kurze Pause. Dann sagte Dr. Specter: „Ich glaube, es muß jetzt sein."

„Hau ab!"

„Gary!" Die Stimme seiner Mutter schoß von der Tür her durch das Zimmer. „Hör, was Vater sagt. Sei nicht unverschämt!"

„Ich bin nicht unverschämt", stöhnte Gary. „Ich bin am Schlafen."

„Wenn wir schnell damit fertig werden, kannst du ja weiterschlafen", schlug sein Vater vor.

Gary lüftete das Kissen einen Spalt und sah zu, wie sein Vater nach einem Platz zum Sitzen suchte. Dr. Specter war ein kleiner, rundlicher Mann mit Glatze, der sich immer wieder einen Schnurrbart wachsen ließ und wieder abrasierte, warum, wußte niemand so recht. Überhaupt gab es sehr wenig, was man über Dr. Specter wußte. Eins allerdings war klar, und das war, daß er glaubte, die meisten häuslichen Angelegenheiten – einschließlich die Erziehung seiner beiden Söhne – sei Sache anderer Leute. So waren seine Beiträge auf diesem Gebiet immer spärlich und nie freiwillig gewesen. Gary und Thomas fanden das in Ordnung.

Schließlich setzte sich sein Vater auf die Bettkante. „Ich fürchte, Mutter besteht auf einem Gespräch von Mann zu Mann zwischen uns", sagte er.

Garys Sichtlinie ging von seinem Vater hin zur Tür, wo die Mutter stand und hereinspähte. „Warum führt sie kein Frau-zu-Mann-Gespräch mit mir?" fragte er.

Dr. Specter warf einen kurzen Blick zur Tür und dann wieder zu Gary. „Sie sagt, du würdest nicht zuhören."

„Und warum glaubt sie, daß ich dir zuhöre?" fragte er.

„Gary!" Die Stimme in der Tür wurde streng. „Werd nicht frech!"

Gary seufzte, und Dr. Specter wandte sich zur Tür und sagte zu seiner Frau: „Schon gut. Laß uns mal allein jetzt. Ich schaff das schon!"

Die Tür ging zu, aber Gary hörte keine sich entfernenden Schritte.

Dr. Specter sah zu seinem Sohn hinab. „Gary, nimm doch bitte dieses Kissen von deinem Kopf", sagte er.

„Wenn ich das Kissen über dem Kopf hab, dann wache ich vielleicht nicht auf", sagte Gary. „Dann kann ich so tun, als wäre das alles ein böser Traum."

Der Vater überlegte sich das einen Augenblick und zuckte dann die Schultern. Vielleicht konnte auch er so tun, als wäre alles nur ein böser Traum.

„Also, Gary", fing er an. „Gestern abend hatten deine Mutter und ich eine lange Unterhaltung über diese Musikgeschichte, und sie wies mich auf ein paar ernste Probleme hin, die ich vorher nicht erkannt hatte. Wir sind beide der Meinung, daß du mit deinem Leben anstellen kannst, was du willst, aber es ist nicht fair, deine Cousine und deinen Bruder da mit hineinzuziehen."

Plötzlich war das Kissen von Garys Kopf weg. Er setzte sich auf und starrte seinen Vater an. „Was soll das, ich ziehe irgend jemanden irgendwo mit hinein?" fragte er und rieb sich den Schlaf aus den Augen. „Susan und auch Thomas wollen in der Band sein. Niemand zieht sie mit hinein. Wir sind eine gute Band. Wir schaffen es. Sogar Barney Star sagt, wir seien Spitze."

Die Tür ging wieder auf, und die Mutter fragte: „Wer ist denn das schon wieder, Barney Star?"

Vater Specter sagte schnell: „Ich dachte, du wolltest mich das machen lassen."

Die Tür ging wieder zu.

Specter wandte sich wieder seinem Sohn zu. „Gary, niemand macht dir zum Vorwurf, du würdest Susan und Thomas bewußt in deinen musikalischen Kreuzzug hineinziehen. Aber du mußt begreifen, daß du sie beeinflußt. Glaubst du, die beiden würden sich so für Musik begeistern, wenn du nicht wärst?"

„Keine Ahnung", sagte Gary. „Ich weiß nur, daß keiner sie dazu zwingt. Beide wollen in der Band sein. Bei dir hört sich das an, als ob ich ein Heroinsüchtiger wäre und die beiden auch an die Spritze bringen will."

Die Tür ging einen Spalt auf. „Das kommt als nächstes", sagte die Mutter.

Jetzt drehte sich Dr. Specter wütend um. „Würdest du uns bitte nicht ständig unterbrechen!" brüllte er.

Die Tür schlug wieder zu

„Gary", sagte der Vater wieder zu seinem Sohn, „dir muß klar werden, wie du andere Leute beeinflußt. Ich höre von Mutter, daß Thomas mitten in der Nacht nach Hause kommt und nach Zigaretten riecht. Er ist schlecht in der Schule und läuft herum in einer Art Lederjacke mit Ketten dran. Und sie ist äußerst beunruhigt darüber, daß Susan nicht aufs College will. Du weißt doch, daß Mutter solange die Verantwortung für sie hat, bis ihre Eltern aus Australien zurück sind."

„Ich hab Susan aber nicht gesagt, daß sie nicht aufs College gehen soll", entgegnete Gary. „Das war ihr eigener Entschluß. Und was Thomas betrifft, was denkst du dir eigentlich? Daß ich ihm die Zigaretten in den Mund stecke? Daß ich ihm die Klamotten aussuche? Mir paßt das genausowenig wie dir. Aber der Junge ist vierzehn. Versuch doch mal, ihm noch was zu sagen."

Dr. Specter schüttelte den Kopf. „Lieber nicht. Eine Frage noch: Was passiert in einem Monat oder in sechs Monaten, wenn die Spinnerei vorüber ist?"

„Das ist keine Spinnerei", sagte Gary. „Wie kannst du so über die Band reden, wenn du sie noch nicht mal hast spielen hören? Zufällig sind wir eine gute, professionelle, ernsthafte Band. Wir arbeiten hart, und wir bleiben zusammen und arbeiten so lange, bis wir es schaffen."

„Bis ihr was schafft?" fragte sein Vater.

„Bis wir einen Schallplattenvertrag haben und in anderen Städten Konzerte machen und im Radio und Fernsehen kommen", sagte Gary.

„Und du meinst, das schafft ihr?"

„Jetzt paß mal auf, Dad", sagte Gary. „Barey Star ist ein Topmanager, der schon eine Menge Bands gesehen hat, und der glaubt, daß wir's schaffen. Und er muß es doch wissen.

Er ist im Geschäft. Und er sagt, er kann uns dabei helfen, an Verträge und große Konzerte ranzukommen. Er würde das nicht sagen, wenn er uns nicht gut finden würde."

Dr. Specter kratzte sich am Kinn und sagte nichts.

„Es ist nicht fair von euch, Dad, über unsere Band zu urteilen, ohne sie überhaupt mal gehört zu haben.

Specter nickte und kratzte sich immer noch am Kinn.

„Und jetzt, Dad", fuhr Gary fort, „würde ich gern weiterschlafen. Gestern nacht ist es spät geworden, und ich brauche auch meinen Schlaf."

Dr. Specter stand auf. „Dann schlaf mal weiter", sagte er und ging zur Tür.

Gary drehte sich um und schloß die Augen. Er hörte, wie die Tür geöffnet und wieder geschlossen wurde und wie seine Mutter draußen sagte: „Und das nennst du ein Gespräch von Mann zu Mann?"

„Ich denke, Gary hat da ein paar richtige Sachen gesagt", hörte Gary seinen Vater antworten.

Halleluja! dachte Gary und schlief ein.

Wieder war jemand an der Tür, aber diesmal klang es anders. Viel leiser und rücksichtsvoller. Gary linste auf die Uhr: zwei Uhr zwanzig. Wenigstens hatte er noch vier Stunden Schlaf gehabt. Viereinhalb und vier macht zusammen achteinhalb Stunden. Nicht schlecht.

„Gary?" Es war Susan.

„Ja, komm rein."

Susan kam herein und setzte sich an die Ecke des Bettes, auf der vorhin sein Vater gesessen hatte. Sie trug einen blauen Trainingsanzug und Joggingschuhe und hatte ihre Haare auf dem Kopf zusammengebunden. Vor allem aber hatte sie eine Dose Cola; Gary langte sofort danach.

„Also, was war los heute nacht?" fragte seine Cousine.

Gary nahm einen Schluck Cola. Es ging doch nichts über einen ordentlichen Stoß Zucker und Koffein am frühen Morgen. „Wovon redest du?"

„Tu nicht so blöd, Gary", sagte Susan und holte sich die Dose zurück. „Ich weiß zufällig, daß du nicht vor halb fünf nach Hause gekommen bist."

„Sagen wir mal halb sechs", gähnte Gary.

„Na ja."

„Na ja überhaupt nichts, wir haben die meiste Zeit geredet."

„Die meiste Zeit?"

„Jawohl, die meiste Zeit." Gary grinste ein wenig. „Aber nicht die ganze Zeit."

Susan machte große Augen.

„Du denkst wieder zu viel", sagte Gary. „Sie gehört nicht zu der Sorte Mädchen."

„Von welcher Sorte redest du?" fragte Susan.

„Ach, laß das doch, Susan."

„Und sie mag dich echt?" fragte Susan.

„Ja, ich glaube schon." Er mußte schon wieder gähnen.

„Scheint dich nicht sehr zu berühren", meinte Susan.

„Warte, bis ich wach bin", antwortete er.

„Siehst du sie wieder heute nacht?" fragte Susan.

Gary schüttelte den Kopf. „Glaub ich nicht."

„Wann siehst du sie wieder?"

Gary überlegte einen Moment. Eigentlich wußte er es ja gar nicht. „Hoffentlich bald."

„Laß sie nicht entwischen", sagte Susan.

Gary kratzte sich am Kopf. „Sie ist doch kein Fisch!"

Susan lächelte und schlürfte Cola.

Gary setzte sich auf, schwang die Beine aus dem Bett und zog sich die Jeans an. „Ich werd mir mal die Zähne putzen gehn", sagte er.

Seine Cousine stand auch auf. „Ich hab ja gar nichts gesagt", sagte sie und folgte ihm durch den Flur. Im Badezimmer setzte sie sich auf den Rand der Badewanne, während Gary sich das Gesicht wusch.

„Übrigens meint Mutter, ich hätte dich überredet, dieses Jahr nicht aufs College zu gehen", sagte Gary, während er sich das Gesicht abtrocknete.

„So. Von mir aus kann sie denken, was sie will", erwiderte Susan.

„Ja schon, aber solange deine Eltern noch mit diesem Stipendium in Australien sind, fühlt sie sich für dich verantwortlich", erklärte Gary.

„Das ist nicht mein Problem, Gary", sagte Susan. „Ich hab das mit meinen Eltern schon vor Monaten besprochen."

„War die Band wirklich der einzige Grund, warum du nicht aufs College wolltest?" fragte er.

„So ziemlich", sagte sie. „Ich glaube aber auch, daß das College nur die Kindheit um weitere vier Jahre verlängert, und ich hab keine Lust mehr, Kind zu sein. Ich wollte erst mal was anderes versuchen. Ich wollte einen Job und zur Abwechslung mal erwachsen sein."

Gary quetschte Zahnpasta auf seine Zahnbürste. „Was ist überhaupt mit den ganzen Typen, mit denen du immer gegangen bist? Du bist ja wahnsinnig oft auf Partys und ziemlich spät nach Hause gekommen. Und kaum hast du 'nen Job, setzt du keinen Fuß mehr vor die Tür, gehst nur noch joggen und so. Was ist los mit dir?"

Susan zuckte die Schultern. „Keine Ahnung. Ich muß mich wohl einfach verändert haben. Eines Tages hab ich gemerkt, daß ich neunzig Prozent der Jungen, mit denen ich mich getroffen habe, nicht leiden konnte. Dieses ständige Weggehen mit denen war wohl auch nur so eine Sache, von der ich glaubte, daß sie von mir erwartet wurde. Wie aufs

College gehen. Man erwartet von mir, daß ich aufs College gehe. Man erwartet von mir, daß ich mich mit Jungen treffe... Ach, was soll's. Ich gehe aufs College, wenn ich mich dazu entscheide. Und das gleiche gilt für Jungen. Wenn ich an einen gerate, den ich mag, dann treffe ich mich auch mit ihm."

Sie sah zu Gary hinauf. „Warum stellen wir einander auf einmal so viele Fragen?"

Er spuckte Zahnpastaschaum aus und spülte den Mund aus. „Ich weiß es nicht, Sue", sagte er, fletschte die Zähne und betrachtete sie im Spiegel. „Solche Dinge schwirren mir schon länger im Kopf rum. Auf einmal gehst du von der Schule und peng – willkommen im wirklichen Leben. Plötzlich wird alles so ernst. Als wir auf der Oberschule waren und die Band hatten, da war alles easy. Aber wenn du dann fertig bist und den Leuten erzählst, du willst mit der Band weitermachen und nicht aufs College gehen, dann sehn sie dich an, als hättest du nicht mehr alle. Dann ist nichts mehr easy. Jetzt ist es auf einmal ein Riesenfehler, der dein ganzes Leben für immer versaut. Ich weiß nicht. Vielleicht haben sie sogar recht. Ich hab jedenfalls keine Lust, in zehn Jahren immer noch in diesem Haus rumzusitzen und mir Gedanken darüber zu machen, was aus der Band wird und mir Tag für Tag das Geschrei meiner Mutter anzuhören."

„Machst du dir Sorgen, daß Allison das auch nicht will?"

„Na, Allison steckt da auch irgendwo mit drin", gab Gary zu. „Was würdest du denn sagen, wenn du mit einem Typen rumziehst, der zu Haus in einer Rock-Phantasie lebt, während die andern in seinem Alter einen Job haben oder aufs College gehen?"

„Du solltest ihr ruhig etwas mehr zutrauen, Gary", meinte Susan. „Sie ist keins dieser kleinen Mädchen, die sich bei Gigs an dich ranschmeißen. Sie versteht bestimmt, wie schwer das alles ist."

Gary nickte. „Schon, aber trotzdem... Du solltest mal sehen, wo sie wohnt", sagte er. „Da fahren die dicken Schlitten nur so rum, und Leute verkehren da, sag ich dir. Ich denk dann immer, daß ich zu mehr imstande sein müßte, als sie zu einer Pizza auszuführen."

„Du kannst ja immer noch in einer Eisdiele arbeiten gehen."

Gary grübelte. „Und wenn sie nun Pizza mag?"

16

Seit Susan im *Schlupfloch* arbeitete, traf sich die Band fast nur noch dort. Es gab nicht nur Eis umsonst, heiße Schokolade und Mineralwasser, die Besitzer hatten auch ein paar Videospiele aufgestellt. Wenn Oscar und Karl sich nicht mit etwas in den Haaren lagen, dann stritten sie darüber, wer von ihnen der bessere Spieler war.

„Wahnsinn! Sechs Zusatzspiele!" brüllte Karl eines Nachmittags. Er stand an dem Videogerät in seinem Schulblazer und grauen Flanellhosen. Wenn man genauer hinschaute, entdeckte man auch einen kleinen goldenen Ring in seinem rechten Ohr.

Oscar wandte sich angewidert ab. „Ist ja toll! Sechs Spiele, das schafft doch jeder!"

Karl blieb weiter über die Knöpfe gebeugt und schlug sich mit Raumschiffen, Phaserungeheuern und Laserkanonen herum. Mitten in den Kampfhandlungen sagte er: „Du schaffst ja nicht mal fünf, Oscar!"

„Ich hab auch nicht die Hälfte meiner Ersparnisse in dieses blöde Spiel investiert", schnaubte Oscar und ging an den

Tisch, wo Gary und Allison saßen und sich eine kostenlose Portion teilten.

„Hat einer inzwischen mal was von Barney Star gehört?" fragte Oscar.

Gary nickte zu Karl hinüber, der noch immer an dem Videogerät stand. „Karl ist unser Kontaktmann zu Star. Kannst ihn ja mal fragen, wenn er fertig ist."

Dann wandte sich Oscar Susan zu, die in ihrer zuckerrübengelben Kluft hinter dem Ladentisch stand. „Kann ich eine heiße Schokolade haben?" fragte er.

Susan nickte. „Eine heiße Schokolade, der Herr!" Sogleich reichte sie ihm einen dampfenden Pappbecher.

„Mir fällt übrigens auf", sagte Gary zu seiner Cousine, „daß dir die wahren kapitalistischen Instinkte abgehen."

„Wie kommst du denn darauf?" fragte Susan.

„Ich glaube, ich hab noch nicht einmal erlebt, daß du von irgend jemandem für irgendwas Geld genommen hast."

Susan legte den Kopf schief. „Ach, das muß man hier machen?"

Die Ladentür ging auf, und Thomas kam herein. Seine schwarzen Haare waren an der Seite zurückgestriegelt, eine Tolle fiel ihm ins Gesicht. Er trug eine schwarze Lederjacke, schwarze Hosen und schwere schwarze Arbeitsstiefel.

„Seht mal, unser Hell's Angel ist da", frotzelte Oscar.

Thomas warf ihm einen eisigen Blick zu. Während der letzten Wochen hatte er hart gearbeitet, um diesen Blick zu vervollkommnen. Es war Teil seines neuen Abgebrühten-Images. Er ging an die Theke und sagte: „Gib mal 'n Coke!"

Susan schüttelte den Kopf. „Tut mir leid, solche wie du werden hier nicht bedient."

Allison kicherte, und Thomas warf auch ihr den eisigen Blick zu. „Ihr glaubt wohl, ihr seid die coolsten", sagte er höhnisch. Dann ging er provozierend langsam von der Theke weg, zündete sich eine Zigarette an und setzte sich allein an einen Tisch beim Fenster.

„Was hat er denn?" fragte Susan.

„Er glaubt, er ist James Dean", sagte Allison.

„Wer?" fragte Oscar.

„Du solltest dir auch mal Spätfilme in der Glotze reintun", meinte Gary. *„Denn sie wissen nicht, was sie tun. Jenseits von Eden."*

Drüben am Videospiel murmelte Karl „Verdammt!" und ging weg.

„Was gibt's, Karl?" fragte Allison.

Der Drummer ließ sich in einen Stuhl nahe am Tisch fallen und streckte die langen Beine von sich. „Der blöde Laser hat mich kalt erwischt. Ich hab ihn nicht mal kommen sehn."

„Tragisch", meinte Oscar.

„Was hast du von Barney gehört?" fragte Gary.

„Hab gestern abend mit ihm geredet", sagte Karl. „ Er meinte, er würde am Wochenende definitiv von *DeLux* Bescheid bekommen."

„Dann drückt mal die Daumen, Jungs", sagte Gary, nahm seinen Löffel und fuhr damit in den Eisbecher, den er mit Allison teilte. Er hatte die Entdeckung gemacht, daß sie nie ein Eis bestellte, auch wenn es umsonst war, daß sie es aber immer schaffte, eine Menge von dem Eis zu essen, das er für sich bestellt hatte.

Jetzt aß sie einen letzten Löffel voll und stand auf. „Ich muß zum Unterricht."

Gary warf einen Blick auf die Wanduhr. Ihm war, als sei sie erst vor wenigen Minuten gekommen. Aber Allison griff nach ihrem Matchsack.

„Kommst du zu unserem Konzert am Wochenende?"

fragte Gary. Die Band hatte zwei Nächte drüben in Brooklyn. Allison sah die anderen an. Gary wußte, daß der Blick bedeuten sollte, daß sie mit ihm allein reden wollte. Er stand auf.

„Wohin gehst du?" fragte Karl.

„Wir müssen was bereden", antwortete Gary.

Karl grinste und tauschte Blicke mit den andern aus. Gary wußte, daß sie sich darüber amüsierten, wenn er und Allison sich verdrückten, um miteinander zu reden.

Allison verabschiedete sich von ihnen, während Gary sich die Jacke schnappte. Allison zog ihren schweren Wollpullover über, und sie gingen hinaus.

Es war kalt und windig, und Allison mußte ihre Haare mit den Händen zusammenfassen und sie unter den Pullover stecken, um sie sich aus dem Gesicht zu halten. Gary zog den Reißverschluß seiner Jacke hoch.

„Wärst du enttäuscht, wenn ich nicht komme?" fragte sie.

„Nicht unbedingt", sagte Gary, obwohl er gleich wußte, daß er doch enttäuscht wäre. Während der letzten zwei Wochen war Allison zu allen ihren Gigs erschienen. Außer den paar Minuten in der Eisdiele jeden Nachmittag war das die einzige Gelegenheit, wo sie sich sehen konnten.

„Und warum willst du nicht kommen?" fragte Gary sie.

„Weil es weit draußen in Brooklyn ist", sagte sie. „Ihr geht wahrscheinlich schon am Nachmittag los und seid nicht vor drei oder vier Uhr morgens zurück. Dabei geht der ganze Tag drauf."

Gary nickte. Er sah das ein, aber trotzdem wollte er, daß sie kam. Auch wenn er versuchte, jede freie Minute mit ihr zu verbringen, schien es ihm doch nie genug. Allison ging weiter zur Ballettschule, fast jeden Nachmittag, und ihre Eltern ließen sie während der Woche abends nicht weggehen.

„Und was machst du statt dessen?" fragte er.

„Da gibt's eine Fete, Samstagabend", sagte Allison.

„Aha." Gary blickte auf den Gehweg hinab. Er fand es schrecklich, es zuzugeben, aber er wurde eifersüchtig, wenn sie auf Feten ging. Sie war ein hübsches Mädchen, und auf Feten gab es viele Typen. Er stieß mit einem Stiefel gegen den Bordstein.

„Ach, Gary", sagte Allison. „Es wäre so schön, wenn du mitkommen könntest. Es sind so viele Leute dort, die du kennenlernen könntest."

Gary zuckte nur die Schultern.

„Meine Freundinnen würden dich gern kennenlernen", fuhr Allison fort. „Sie wollen alle wissen, wer der geheimnisvolle Typ ist, mit dem ich meine ganze Zeit verbringe. Neulich haben Tina und ich uns fast gestritten, weil sie meint, daß ich zu viel Zeit mit dir und nicht genug mit ihr verbringe. Ich glaube, sie hat sogar recht, Gary. Außer in der Schule sehe ich sie kaum noch."

Der Wind ließ alte Blätter und Rollsplitt zu ihren Füßen kreiseln. Gary schob die Hände in die Hosentaschen. „Sie könnte doch auch zu dem Gig kommen", sagte er.

Allison schüttelte den Kopf. „Es ist ja nicht nur sie, es sind auch meine andern Freundinnen. Und ich möchte sie nicht unbedingt in diese überfüllten, lauten Clubs mitnehmen. Es wäre toll, wenn du einmal mit auf eine Fete kommen könntest, wo man einfach dasitzen und sich unterhalten könnte, ohne ständig die Musik übertönen zu müssen."

Gary blickte zu Boden. Es stimmte, er war schon ewig nicht mehr auf einer Fete gewesen, vor allem, weil die Band immer an Wochenenden spielte. Er wünschte, er könnte mit Allison gehen. Aber er konnte sich ja nicht einfach krankschreiben lassen. Besonders jetzt, wo es nicht gerade sehr gut lief. Er spürte, wie Wut in ihm hochkroch. Nur wegen dieser blöden Band konnte er nicht auf die Fete gehen und endlich mal einen ganzen Abend mit Allison zusammensein. Statt dessen mußte er das Wochenende damit verbringen, nach Brooklyn und wieder zurück zu karren, für 'n Appel und 'n Ei schuften und nicht weiterkommen. Es war einfach nicht gut, so hart zu arbeiten, nicht voranzukommen und obendrein noch eine gute Fete zu versäumen.

Gary sah Allison an. Mann, war sie schön. Es gab bestimmt hundert andere Typen, die es schon lange auf sie abgesehen hatten.

„Du findest es wohl mit der Zeit langweilig, jedes Wochenende immer die gleiche Show zu sehen", fragte er.

Statt einer Antwort rückte Allison näher an ihn heran und hielt ihn ganz fest. Ihre Gesichter waren nur wenige Zentimeter voneinander entfernt. „Sag doch nicht so was, Gary. Du weißt doch, daß ich dich wahnsinnig gern spielen sehe. Aber Freitag- und Samstagabend sind die einzigen Male, wo ich lang wegbleiben darf, und ich möchte eben gern auch noch andere Leute sehen."

„Ja." Gary konnte seine Enttäuschung nicht verbergen. „Dann sehen wir uns also nicht am Wochenende", sagte er niedergeschlagen.

Allison überlegte einen Augenblick. Dann sagte sie: „Es gäbe noch eine andere Möglichkeit. Du könntest Sonntag zu uns zum Abendessen kommen."

Das kam für Gary unerwartet. „Du meinst, mit deinen Eltern?"

„Meine Freundinnen sind nicht die einzigen, die neugierig auf dich sind", erklärte Allison. „Meine Mutter löchert mich schon die ganze Zeit, mit wem ich jeden Abend telefoniere. Ich glaube, sie möchte dich auch gern kennenlernen. Wenn du das aushalten kannst!"

Gary lachte. „Das könnte ich, glaub ich, schon."

„Also gut, ich sag ihr, daß du kommst", sagte Allison. „Jetzt muß ich aber wirklich gehen." Sie gaben sich noch schnell einen Kuß, und Allison rannte davon. Ein Essen mit den Alten? Das war zwar nicht so verlockend wie eine Fete, aber nun ja. Er ging wieder zurück in die Eisdiele.

„Das war ja scharf."

Gary drehte sich um und sah Thomas am Fenster sitzen. Er hatte ein abfälliges Grinsen aufgesetzt.

„Macht's dir vielleicht was aus, mir zu sagen, was du für Probleme hast?" fragte Gary.

Thomas zuckte nur die Schultern und warf Gary seinen wohlgeübten eisigen Blick zu.

„Weißt du, bloß weil du dich wie ein Punk auftakelst, brauchst du dich nicht auch noch wie 'n Haufen Scheiße aufführen", fuhr Gary ihn an.

„Mann, verpiß dich doch", schnappte Thomas zurück.

Gary merkte, wie sich seine Fäuste ballten. Wäre Thomas nicht sein kleiner Bruder gewesen, er hätte ihn geschlagen.

17

Am Sonntag wurde bei den Ollquists das perfekte Abendessen von einem Dienstmädchen in makellos weißer Schürze serviert. Gary traute seinen Augen nicht. Allison hatte sich schon vorher wegen des Mädchens entschuldigt und erklärt, daß sie nur ein „Sonntagsmädchen" war und daß sich die Familie in der Woche selbst um das Essen kümmerte. Aber sonntags kochte Mrs. Ollquist nicht gern. Es war ihr Ruhetag.

Als Gary Allison einmal fragte, womit ihre Mutter während der Woche so beschäftigt war, daß sie einen Ruhetag brauchte, antwortete sie: „Einkaufen."

Allisons Eltern hatten sich für das Sonntagsmahl wie für eine ganz besondere Gelegenheit angezogen. Mrs. Ollquist, eine große, sehr attraktive Frau, deren Haare vom gleichen Rotbraun waren wie die Allisons, trug ein marineblaues Kleid und dazu passende Schuhe, Mr. Ollquist einen dunklen Anzug mit Krawatte. Er war auf solide Art groß und stämmig und hatte ein kantiges Gesicht, und Gary hätte schwören können, daß er auf dem College einmal Fußball gespielt hatte. Als Allison ihm Gary vorstellte, drückte er Garys Hand so fest, daß Gary einen Moment lang daran zweifelte, daß er jemals wieder würde Gitarre spielen können.

Auch Allison hatte sich feingemacht. Sie trug ein rotes Kleid mit blauem Blumenmuster, eine Perlenkette und Perlohrringe. Gary fand sie sehr schön, obwohl ihm wohler gewesen wäre, hätte sie nur Jeans und Pullover angehabt. Was ihn selbst betraf, so hatte er sich nach langem Überlegen für seinen alten marineblauen Schulblazer, Kordhosen und ein grünes T-Shirt entschieden, auf dem ein Bild von Jimi Hendrix prangte.

Ihm war nicht gerade heiter zumute, als er sich an den Eßtisch setzte, mit Mrs. Ollquist zu seiner Linken, Mr. Ollquist zu seiner Rechten und Allison ihm gegenüber. Alles im Raum und an den Leuten hier war förmlich. Zu perfekt. In einer Vase auf dem Tisch standen frische Blumen, daneben Kerzen. Die Teller waren cremefarben mit Goldrand, und sie paßten alle zusammen, ebenso wie die jeweils zwei Gabeln, Messer und Löffel bei jedem Gedeck. Es sah eher aus wie in einem teuren Restaurant als bei jemandem zu Hause.

Kaum hatten sie sich zu Tisch gesetzt, als auch schon das Mädchen hereinkam. Sie trug eine Terrine in der Hand und schöpfte jedem Suppe in den Teller. Sie erinnerte Gary so sehr an eine Kellnerin, daß er überlegte, ob er ihr nach dem Essen ein Trinkgeld geben sollte.

„Aha, Sie tragen also ein Lenox-Jackett", sagte Mr. Ollquist, während er einen Löffel dampfender Suppe zum Mund führte. „Studieren Sie dort?"

„Nein, ich habe dort letztes Jahr meinen Abschluß gemacht", sagte Gary. Über den Tisch lächelte Allison aufmunternd. Gary probierte die Suppe. Sie schmeckte gut, aber er hatte nicht die leiseste Ahnung, was es für eine Suppe war.

„Oh, dann gehen Sie also aufs College", sagte Mrs. Ollquist.

„Äh, nein", antwortete Gary.

Eine von Mr. Ollquists Augenbrauen hob sich. „Sie gehen nicht aufs College?"

„Mm, nein", sagte Gary wieder. Er nahm einen weiteren Löffel Suppe zu sich und konzentrierte sich darauf, keinen überflüssigen Lärm dabei zu machen.

„Dann treiben Sie irgendein alternatives Studium?" fragte Allisons Mutter.

Gary schüttelte den Kopf. Die Tischkonversation wurde langsam zu einem nicht sehr heiteren Beruferaten.

„Gary ist Musiker", sagte Allison. „Ein hart arbeitender, ernsthafter Musiker."

„Oh!" Mrs. Ollquists Miene hellte sich auf. „Welches Instrument spielen Sie, Gary?"

„Gitarre", sagte Gary.

„Klassische?" fragte Mr. Ollquist.

„Rock", antwortete Gary.

Das zeigte Wirkung. Eine weitere Pause trat ein. Gary hörte nur das Klappern von Suppenlöffeln auf Suppentellern.

„Meinen Sie etwa", sagte Mrs. Ollquist, „Rock wie in Rock and Roll?"

„Genau", sagte Gary.

Vater Ollquist räusperte sich. „Aha", sagte er, als ob ihm plötzlich etwas klar geworden wäre.

„Gary hat eine der besten Bands von New York", sagte Allison. Ihre Eltern nickten, aber Gary beschlich das Gefühl, daß er genausogut den besten Autodiebstahlring der Stadt hätte haben können; es wäre für sie das gleiche gewesen.

Die Suppenteller wurden entfernt und Eßteller vor sie hingestellt. Die Frau in Weiß ging herum mit einer silbernen Platte und legte jedem eine Scheibe Roastbeef vor. Dann folgten gekochte Möhren und Erbsen.

Keiner schien zu wissen, was er sagen sollte. Gary war, als wüßten Allisons Eltern nicht so recht, was sie mit diesem Rockmusiker an ihrem Tisch anfangen sollten. Wahrscheinlich hielten sie dasselbe von Musikern wie seine Mutter.

„Wissen Sie", sagte Gary, „ich glaube, die meisten Leute haben eine falsche Vorstellung von Rockbands. Sie meinen immer noch, das seien nur Verrückte und Drogensüchtige, aber das stimmt nicht mehr. Die Erfolgreichen arbeiten sehr hart. Es ist ein hartes Geschäft, und wenn man es zu etwas bringen will, muß man wirklich Ausdauer zeigen."

Mr. Ollquist hörte abrupt auf, sein Roastbeef zu schneiden, er blickte Gary fest an, als ob er versucht wäre, ihm einen Vortrag über die wahre Bedeutung von Ausdauer zu halten. Glücklicherweise entschied er sich dagegen und wandte sich wieder seinem Roastbeef zu.

Mrs. Ollquist dagegen wollte mehr wissen. „Sagen Sie, Gary, treten Sie regelmäßig auf?"

Gary nickte. „Fast jedes Wochenende. Und während der Woche haben wir Proben."

„Wo treten Sie auf?" fragte Allisons Mutter.

„In Clubs", antwortete Gary. Aus irgendeinem Grund schien sein Roastbeef besonders zäh zu sein.

„Clubs?" echote Mrs. Ollquist, offensichtlich im unklaren darüber, was das bedeutete.

„Ja, Rock-Clubs", sagte Gary und versuchte immer noch, sein Fleisch zu zerteilen.

„Oh", machte Mrs. Ollquist, als ob sie plötzlich verstünde. „Dann sind Sie also eine Art Nachtclub-Entertainer."

„So ähnlich", sagte Gary. Ihm wurde klar, daß die Ollquists das, was er tat, in irgend etwas übersetzen mußten, was sie verstehen konnten. Und das nächste in ihrer Welt, an das seine Tätigkeit herankam, war eine Nachtclubshow. Gary wollte sich nicht streiten. Er stritt mit seinem Roastbeef. Er legte mehr Druck auf sein Messer. Plötzlich glitt das Fleisch weg und hinein in den kleinen Berg Erbsen am Rand des Tellers, die sogleich über das blütenweiße Tischtuch kullerten. Allison kicherte.

„Oh, Entschuldigung", murmelte Gary und wurde puterrot. Er machte sich daran, die verstreuten Erbsen aufzusammeln.

„Schon gut", sagte Mrs. Ollquist. Sie nahm eine kleine gläserne Glocke, die auf dem Tisch stand, und klingelte. Gleich darauf erschien das Mädchen und begann, ohne daß man ein Wort sagte, die Erbsen aufzusammeln. Gary war die Geschichte so peinlich, daß er am liebsten unter den Tisch gekrochen wäre.

„Du hältst dein Messer verkehrt herum", sagte Allison und biß sich auf die Lippen, um ein weiteres Kichern zu unterdrücken.

Gary schaute das Messer an. Es sah auf beiden Seiten ungefähr gleich aus, aber natürlich hatte Allison recht.

Allison wandte sich an ihre Eltern. „Garys Band versucht,

einen Plattenvertrag zu bekommen. Alle glauben, daß sie einen bekommen, weil sie so gut sind."

Mr. Ollquist nickte und führte eine Gabel voll Erbsen zum Mund. Dann tupfte er seine Lippen sachte mit einer Leinenserviette ab. „Ich kenne da noch einen vom Jurastudium her, der jetzt im Plattengeschäft ist", sagte er. „Er hat es zu etwas gebracht."

„Bei welcher Gesellschaft ist er?" fragte Gary.

Mr. Ollquist blickte Gary mit einem leichten Lächeln an. „Ich glaube, der Name ist Multigram."

„Die kenne ich", sagte Gary und erinnerte sich an seinen Besuch bei Rick Jones. „Wahrscheinlich ist Ihr Bekannter in der Rechtsabteilung der Gesellschaft."

„Nun, das nicht gerade", sagte Mr. Ollquist. „Er ist der Präsident der Gesellschaft."

Nach dem Essen gingen Gary und Allison in ein Wohnzimmer, das voller Möbel und Bücherregale war. Allison machte ein paar Lampen an, dann setzten sie sich auf die Couch. Gary versank fast einen halben Meter in der weichen Polsterung.

„Ich hab mich wie der letzte Idiot benommen", sagte er.

„Warum denn, Gary?" fragte Allison.

Gary schaute ins Eßzimmer. Durch den Türbogen konnte er Mr. Ollquist am Eßtisch sitzen sehen; er paffte eine Zigarre und redete mit Allisons Mutter.

„Weil ich die Erbsen über den ganzen Tisch geschüttet habe", sagte er. „Und dann noch die schlaue Bemerkung mit dem Freund deines Vaters, der für Multigram arbeitet. Und der Typ ist der Präsident dieser blöden Gesellschaft."

„Aber das ist doch klar, daß du das nicht wissen konntest", meinte Allison. Sie rückte näher zu ihm hin und strich ihm mit den Fingern ein paar Strähnen aus der Stirn. Gary hätte sie gern geküßt, aber mit Allisons Eltern gleich nebenan wäre das wohl keine gute Idee gewesen.

„Können wir nicht irgendwohin gehen, wo wir ungestörter sind?" fragte er leise. „Auf dein Zimmer oder so?"

Allison schüttelte den Kopf. „Ich darf keine Männer auf meinem Zimmer haben", flüsterte sie zurück.

Gary überraschte das. „Auch nicht, wenn deine Eltern zu Hause sind?"

Allison schüttelte wieder den Kopf. Gary konnte es kaum glauben. Er konnte jederzeit Leute in seinem Zimmer haben, selbst die ganze Nacht, wenn er wollte.

„Hattest du nicht gesagt, sie würden dir vertrauen?" meinte er.

„Tun sie auch, aber einen Mann auf dem Zimmer zu haben, ist keine Sache von Vertrauen", sagte Allison. „Sie finden, das gehört sich nicht."

„Regt dich das nicht auf?" fragte Gary. „Daß sie dir immer vorschreiben, was sich gehört und was nicht?"

Allison zuckte die Schultern. „Schon irgendwie. Aber nicht so sehr, daß ich es zu einem großen Streit kommen lasse. Die großen Streits hebe ich mir für wichtigere Dinge auf."

„Wie zum Beispiel, einen Rockmusiker als Freund zu haben?" fragte Gary.

Allison kicherte und berührte ihn leicht am Arm. „Mach dir wegen meiner Eltern keine Gedanken", sagte sie leise. „Die brauchen einfach ihre Zeit, sich dran zu gewöhnen."

Gary hätte laut gelacht, wenn Allisons Eltern nicht nebenan gesessen hätten. „Ich glaube, für mich wird's ein ganzes Stück leichter, mich an sie zu gewöhnen, als umgekehrt."

„Nun, das ist ihr Problem", flüsterte Allison und drückte Garys Hand.

Gary nickte, aber er wurde den Gedanken nicht los, daß es leider doch sein Problem war. „Noch was anderes", sagte er. „Wenn sie es für ungehörig halten, daß du einen Jungen bei dir im Zimmer hast, ist es dann auch ungehörig, wenn du bei einem Jungen im Zimmer bist?"

„Auf jeden Fall", antwortete Allison. Dann lächelte sie. „Aber wie kommst du darauf, daß ich ihnen das auf die Nase binde?"

18

Als Gary auf dem Heimweg war, fetzte ein eisiger Sturm die Straße hinab und wehte ihm Staub in die Augen. Aber er konnte nur an Allison denken. Es war unglaublich, was er für sie empfand... fast beängstigend. Sie war intelligent, eine Persönlichkeit, hatte Wärme – einfach alles. Bis jetzt war die Musik der wichtigste Teil in seinem Leben gewesen, aber manchmal, wenn er mit Allison zusammen war, war ihm das alles völlig egal. Er wollte dann nur noch mit ihr irgendwohin wegrennen, an einen Ort, wo es keinen Ärger mit der Musik gab, keinen Ärger mit Eltern und mit dem Leben überhaupt.

Der Wind war schneidend. Gary schlug den Kragen hoch und klapperte mit den Zähnen. Leider war das alles nur ein Traum. Sie konnten nirgendwohin gehen, und vielleicht hätte Allison das auch gar nicht gewollt. Und wenn er jetzt vor der Musik davonrannte, hätten seine Mutter und all die anderen Miesepeter recht gehabt. Zumal die Dinge sich jetzt entwickelten. Barney Star würde ihnen zu einem Auftritt im *DeLux* verhelfen.

Er bog um eine Ecke in seine Straße. Jemand saß auf der

Treppe vor dem Haus seiner Eltern, neben sich eine Art Rucksack.

Verdammt, dachte Gary, das ist wohl irgendein Penner, der sich unsere Treppe als Nachtlager erwählt hat. Es wäre nicht das erstemal gewesen, daß so etwas passierte. Mutter Specter kam es immer sehr zupaß, wenn ein Penner auf der Treppe saß. Dann mahnte sie Gary, daß er auch einmal auf Vortreppen schlafen würde, wenn er weiter Rockmusik machen würde.

Doch als Gary näher kam, sah er, daß die Figur auf der Treppe rote Haare hatte und eine Jacke trug, die ihm sehr bekannt vorkam. Es war Karl.

„Was ist denn mit dir los?" fragte Gary.

Karl lächelte ihn gequält an. „Ey, Gary, meinst du, ich könnte bei dir über Nacht bleiben?" Er nahm einen tiefen Zug aus seiner Zigarette und duckte sich unter dem Wind zusammen.

„Na klar, aber was ist denn los?"

Karl stieß den Rauch aus. „Sie hat's spitz gekriegt", sagte er.

„Deine Mutter?" fragte Gary.

Karl nickte.

„Das mit Star?"

„Ja."

„Und sie hat dich rausgeschmissen?"

„Nicht direkt", sagte Karl. „Aber ich hatte irgendwie das Gefühl, daß ich dort nicht mehr besonders willkommen war."

Gary setzte sich neben Karl auf die Treppe. Die Betonstufe war kalt und hart. „Wie hat sie's rausgekriegt?" fragte er.

„Wie ich das sehe, muß Star im *DeLux* angerufen und um Rückruf gebeten haben. Und dann haben die im *DeLux* wohl den Namen unserer Band gesehen und bei meiner

Mutter angerufen, weil sie ja immer noch unser Manager ist. Jemand muß ihr dann von Star erzählt haben."

Gary pfiff durch die Zähne.

„Jedenfalls", fuhr Karl fort, „ich saß gerade im Wohnzimmer und war mit der Polsterung für mein Schlagzeug beschäftigt, weißt du. Ich blicke plötzlich auf, und da steht sie wie eine Irre über mir und macht ein Gesicht, als ob sie mich umbringen wollte, wenn ich ihr nicht die Wahrheit sagte. Dann hab ich ihr alles erzählt."

„Dann weiß sie also über Barney Star Bescheid."

„Ja."

Gary schob die Hände in die Hosentaschen. „Dann haben wir jetzt wohl einen Manager weniger, was?"

Karl nickte stumm und zündete sich eine neue Zigarette am Stummel der alten an.

„Was hat sie gesagt?" fragte Gary.

„Nicht sehr viel", sagte Karl. „Eigentlich hat sie eine Menge gesagt, aber es war irgendwie schwer zu verstehen."

„Warum?"

„Na, sie war natürlich sauer. Richtig stinksauer. Ich glaube sogar, sie war eine Zeitlang richtig wahnsinnig vor Wut."

Der Wind blies Gary die Haare in die Augen, und er wischte sie weg. „Was hat sie gemacht?" fragte er.

„Na, erst hat sie einfach so rumgeschrien", berichtete Karl. „Sie hat das wohl so verstanden, als ob wir wollten, daß Star hinter ihrem Rücken für uns arbeitet. Dann hat sie sich in den Kopf gesetzt, daß das der Grund war, warum wir ihr gesagt hatten, wir wollten eine Zeitlang Ruhe, um an neuem Material zu arbeiten... dann ist sie völlig ausgeklinkt."

„Warum?" fragte Gary.

„Weil sie da gemerkt hat, daß wir sie angelogen haben. Sie hat gekreischt, was sie alles für uns getan hat und wie wir sie jetzt behandeln."

Gary nickte. Es stimmte, sie hatten Mrs. Roesch ziemlich mies behandelt, und sie hatte nichts getan, womit sie das verdient hatte.

Ein kalter Windstoß wirbelte um sie herum; Karl zitterte. Gary wußte nicht, wie lange er schon hier draußen auf der Treppe gesessen hatte.

„Sollen wir reingehen?" fragte er.

Karl nickte und nahm seinen Packen.

Der Weg von der Haustür hoch zu Garys Zimmer führte am Eßzimmer vorbei, und Gary wußte, daß es unmöglich war, Karl da vorbeizuschmuggeln, ohne daß seine Eltern ihn bemerkten. Sie gingen den Gang entlang und hielten in der Eßzimmertür an. Drinnen waren Garys Eltern, Thomas und Susan gerade mit dem Abendessen fertig. Alle schauten Karl verwundert an.

Karl brachte ein schwaches Lächeln zuwege und winkte Garys Eltern zu. „Hallo, Mrs. Specter, hallo, Dr. Specter!"

Garys Vater winkte zurück und sagte hallo, aber seine Mutter runzelte die Stirn, als sie ihn sah.

„Mam, kann Karl heute nacht hierbleiben?" fragte Gary. „Er könnte ja bei mir im Zimmer schlafen."

„Von mir aus", meinte Mrs. Specter.

„Danke, Mam", sagte Gary und zog Karl schnell weiter, bevor seine Mutter unangenehme Fragen stellen konnte.

Bald darauf kamen Susan und Thomas nach.

Karl saß zigarettenrauchend am Fenster und blies den Rauch in den Abzug der Klimaanlage. Als Thomas ihn sah, sagte er: „Karl, kann ich 'ne Kippe abstauben?"

„Nein", blaffte Gary, bevor Karl antworten konnte.

„Und warum nicht?" fragte Thomas.

„Weil ich nicht will, daß du in meinem Zimmer rauchst", sagte Gary.

„Und warum darf Karl hier rauchen und ich nicht?" wollte Thomas wissen.

Gary war nicht in der Stimmung, sich mit seinem jüngeren Bruder anzulegen. Es sah sowieso schon alles schlimm genug aus, auch ohne Ärger mit Thomas. „Hör bloß auf, hier rumzumotzen!" Gary war jetzt richtig wütend.

„Leck mich doch am Arsch!" schrie Thomas seinen Bruder an. „Kannst deinen Bus von jetzt an allein packen!" Dann schlug er die Tür hinter sich zu.

„Was ist denn los, Gary?" fragte Susan.

Da Karl nicht besonders nach Reden zumute war, erzählte Gary ihr, was passiert war.

Als er fertig war, sah Susan ziemlich düster drein. „Und was nun?" fragte sie.

Gary warf Karl einen Blick zu. „Jetzt ist es wirklich wichtig, daß die Sache mit Barney Star klargeht", sagte er.

„Keine Angst", meinte Karl. „Das geht klar. Ganz bestimmt."

Gary und Karl blieben noch lange auf, sie spielten Platten und redeten. Karl verbrachte die meiste Zeit vor der Klimaanlage und rauchte Kette. Er sagte immer wieder, wie toll es würde, wenn Barney Star ihnen einmal einen Vertrag besorgt hätte. Gary versuchte ihn daran zu erinnern, daß sie keine Sicherheiten besäßen. Aber Karl war sich ganz sicher.

„Ich sag's dir, du", meinte Karl, „ich weiß genau, daß er's bringt. Glaubst du nicht, daß die Band gut genug ist?"

„Natürlich finde ich, daß wir gut genug sind", sagte Gary. „Aber mit Star bin ich mir nicht sicher. Bis jetzt hat er nur geredet. Er hat noch nichts auf die Beine gestellt!"

„Mensch, gib ihm doch 'ne Chance", sagte Karl.

Gary lehnte sich zurück. Karl hatte recht. Man konnte

Star noch nicht beurteilen. Sie mußten einfach abwarten. Aber es war hart, herumzusitzen und zu warten, wenn man nicht genau wußte, worauf.

„Ey, Karl", sagte er auf einmal, „glaubst du, dieser Rick Jones von Multigram hat in unsre Single reingehört?"

„Und wenn, was soll's?"

„Keine Ahnung", sagte Gary. „Weißt du, manchmal macht mich dieses Geschäft echt krank. Man müht sich und müht sich. Man ruft Leute an, die nie zurückrufen. Man schickt ihnen Demos und sie hören nicht rein. Geht dir das nicht auf'n Zahn?"

„Und wie", sagte Karl. „Aber jedesmal stell ich mir vor, wie es sein wird, wenn wir auf unsre erste große Tournee gehen. Massenhaft Leute finden uns gut, wohin wir auch kommen. Das Volk tanzt zwischen den Stuhlreihen, klatscht und pfeift, ist total ausgeflippt. Dann wird der ganze Ärger erträglicher."

„Glaubst du wirklich, daß das einmal so sein wird?"

„Ich wäre ja bescheuert, wenn ich dann den ganzen Mist mitmachen würde", sagte Karl.

Gary wußte, daß er recht hatte. Man mußte an den großen Traum glauben und an die gute Rockfee. Anders hatte das ganze keinen Sinn. Geld lag nicht viel drin, besonders, wenn man die Zeit, die mit Üben und Proben draufging, und die Ausrüstung, die man kaufen mußte, mit einrechnete. Die Arbeitsbedingungen waren beschissen und die Stunden auch. Zwei Fragen blieben dann noch übrig. Glaubst du daran? Und bist du bereit, ein Jahr oder fünf oder sogar zehn Jahre dranzugeben, um herauszufinden, ob du recht hattest?

19

Am nächsten Morgen hatte Gary eine nebelhafte Erinnerung, daß Karl früh aufgestanden, sich angezogen und zur Schule gegangen war. Gary schlief lange, aber auch als er wach war, wollte er nicht aus dem Bett. Er wußte, daß seine Mutter drunten in der Küche war und nur darauf wartete, ihn nach allen Regeln der Kunst zu verhören, warum Karl hier geschlafen hatte.

Das Problem war, daß nicht nur er wußte, daß sie unten wartete, sondern daß auch sie wußte, daß er oben in der Falle saß. Er konnte nirgendwohin fliehen, es sei denn, er kletterte aus dem Fenster und rutschte am Regenrohr drei Stockwerke weit hinab. Gary schaute zum Fenster hinaus. Es war ein verführerischer Gedanke. Irgendwann aber mußte er wieder nach Hause kommen, und dann würde sie immer noch dasein.

Er hatte also keine Wahl.

Gary ging die Treppe hinab. Seine Mutter saß am Küchentisch und trank eine Tasse Kaffee. Sie trug einen alten Morgenmantel und hatte die Haare hochgesteckt, was bedeutete, daß sie nicht so bald aus dem Haus ging. Gary hielt in der Tür inne, sein Magen knurrte, er ging schnell hinüber zum Kühlschrank.

Seine Mutter blickte nicht einmal auf, als er durch die Küche ging und den Kühlschrank öffnete. Sie sagte nichts, als er den Marmorkuchen und die Karaffe mit dem Orangensaft herausnahm, und ignorierte Gary auch, als er sich ein Stück Kuchen abschnitt, es auf einen Teller legte und sich ein Glas eingoß. Als Gary den restlichen Kuchen und die Karaffe wieder in den Kühlschrank stellte, fragte er sich langsam, ob er tatsächlich unbefragt davonkommen würde. Es war einen Versuch wert. Er nahm das Glas und den Teller, warf seiner Mutter noch einen Blick zu und ging zur Tür.

„Gary?"

„Ja, Mam?" sagte Gary und blieb stehen.

„Versuchst du, mir aus dem Weg zu gehen?" fragte seine Mutter.

„Nein, Mam", sagte Gary. Widerstrebend stellte er das Glas und den Teller auf den Tisch und setzte sich ihr gegenüber auf einen Stuhl. „Es ist nur eine lange Geschichte, und ich..."

„Ich kenne die Geschichte schon", sagte die Mutter und nahm einen Schluck Kaffee.

„Du kennst sie schon?" fragte Gary.

„Ja, Karl hat mir alles heute morgen erzählt", sagte Mrs. Specter.

Gary biß ein Stück Kuchen ab. „Ach, wirklich?"

„Ja, mein Lieber", sagte Mrs. Specter. „Und red nicht mit vollem Mund."

Gary spülte den Kuchen mit Orangensaft hinunter. „Du hast ihn heute morgen gesehen?"

„Ich hab ihm Frühstück gemacht."

Gary sah seine Mutter ungläubig an.

„Es ist eine Tatsache, daß Kinder, die gefrühstückt haben, besser in der Schule sind als andere", erklärte Mutter Specter.

„Toll, Mam, danke."

„Laß gut sein", sagte Mrs. Specter. „Ich hab nur das getan, was jede Mutter tun würde."

„Er hat dir also alles erzählt?" fragte Gary und biß ein weiteres Stück von seinem Kuchen ab.

„Ja. Es klingt alles nicht so gut", sagte Mrs. Specter. „Es ist klar, daß der arme Junge völlig verstört ist und nicht weiß, was er machen soll."

„Kann schon sein", sagte Gary.

„Und deshalb", fuhr Mrs. Specter fort, „habe ich ihm gesagt, er könne hierbleiben, bis alles wieder im Lot ist."

Gary fiel fast vom Stuhl. Seine Mutter hatte Karl eingeladen, hier zu wohnen? Ihm blieb der Mund offenstehen.

„Nun, er weiß ja nicht, wo er sonst hin kann, oder?" fragte Garys Mutter.

„Hm, nein, ich glaube nicht", brachte Gary heraus.

„Es ist überhaupt ein Wunder, daß er bei diesem ganzen Drama überhaupt noch zur Schule gehen kann", sagte Mrs. Specter. „Es muß ihm sehr wichtig sein, seine Ausbildung weiterzumachen – was mehr ist, als ich von jemand anderem, den ich kenne, behaupten kann."

„Er will nur das Gymnasium abschließen, Mam", sagte Gary.

„Übers College haben wir noch nicht gesprochen", sagte Mrs. Specter. „Aber wenn ich mit dir nicht vernünftig reden kann, dann kann ich es ja mit ihm versuchen."

Gary beendete sein Frühstück und stellte den leeren Teller und das Glas in die Spüle. „Danke jedenfalls, daß Karl hier wohnen darf", sagte er, als er die Küche verließ. „Er weiß das bestimmt zu schätzen. Und ich auch."

„Wenn du mich richtig schätzen würdest", sagte Mrs. Specter, „dann würdest du aufs College gehen."

20

Barney Star hatte die Band in das Studio eines Designers in der Siebten Avenue bestellt. Er wollte ihr „Konzept" ausarbeiten, wie er sagte, und dazu gehörten andere Kostüme bei Konzerten.

An dem Nachmittag, an dem sie ins Studio gehen sollten, saßen Gary und Susan (die sich früher von der Arbeit loseisen konnte) auf der Treppe vor der Lenox-Schule und warteten auf Karl und Oscar. Gary trug seine Lederjacke und einen Schal und hatte die Hände in die Hosentaschen gesteckt. Er dachte an Allison. Wegen des Termins im Studio konnte er sich an diesem Nachmittag nicht mit ihr treffen.

Susan saß neben ihm auf einer Stufe; sie trug ein Sweatshirt mit Kapuze und eine Jeansjacke. „Denkst du an Allison?" fragte sie.

Gary sah auf. „Woher weißt du das?"

Susan lächelte. „Ganz einfach. Du hast diesen entrückten Blick. Und überhaupt, du denkst ständig an sie."

Gary merkte, wie sich seine Wangen röteten.

Da gingen auch schon die Türen der Schule auf, Schüler strömten heraus. Bald erschienen auch Karl und Oscar, mit lose gebundenen Schulkrawatten und Büchern unterm Arm. Kaum hatte Karl einen Fuß aus der Schule gesetzt, als er seine Bücher fallen ließ und sich eine Zigarette ansteckte.

Die andern sahen zu, wie er einen tiefen Zug nahm und den Rauch ausstieß. „Ah, endlich!"

Oscar kam heran. „Für ihn ist das Leben ein einziger Nikotinanfall", sagte er.

Karl hob seine Bücher wieder auf und sagte, die Zigarette im Mundwinkel: „Na, macht schon, wir nehmen den Bus!"

Direkt vor der Schule sprangen sie in einen Bus Richtung Innenstadt und setzten sich ganz hinten auf die Bank. Während der Bus die Straßen entlangschlingerte, legte Karl seine Schulbücher flach auf die Schenkel und drehte sich auf der kleinen Fläche einen Joint. Gary bemerkte, daß einige Passagiere im hinteren Teil des Busses mit einer Mischung aus Neugier und Ablehnung zusahen, wie Karl etwas Grass aus einem Pillenfläschchen auf ein Blatt Zigarettenpapier tippte.

„Mensch, Karl", sagte Gary. „Muß das denn sein, hier vor allen Leuten?"

Karl zuckte die Schultern. „Stört doch keinen."

„Ach komm, Gary", sagte Oscar, „du weißt doch, daß Karl nicht menschenähnlich ist, wenn er nicht seine Zigarette und seinen Joint nach der Schule kriegt."

„Ha, ha, ha", machte Karl.

Der Bus kroch dahin, und Oscar sagte zu Susan: „Na, sag mal, Süße, wie lebt sich's denn so in der Kalorienzentrale?"

„Um ehrlich zu sein, Oscar, es ist nicht halb so lustig wie am Anfang", antwortete Susan. „Wer immer mir vorausgesagt hat, daß ich nach einer Woche die Nase voll von Eis habe, hat gelogen. Ich muß um die zehn Pfund zugenommen haben, seit ich dort arbeite."

Gary hörte nur halb zu. Er war in Gedanken immer noch bei Allison und ärgerte sich, daß er sie selbst einen Tag lang nicht sehen konnte.

Karl legte seinen Joint beiseite und blickte auf. „Ey, wir müssen hier raus."

Sie stiegen aus. Kaum waren sie auf der Straße, als Karl seinen Joint anzündete und einen tiefen Zug nahm. Die anderen sahen sich inzwischen in der Gegend um. Die

Siebte Avenue war mit Lastern und Taxis verstopft. Die Gehsteige waren voll von Leuten in Arbeitszeug, die Kleiderständer voller Kleider schoben, und Gruppen modisch gekleideter Frauen und Männer, die in den hohen Gebäuden entlang der Straße aus und ein gingen.

„Ist ja interessant", sagte Susan, als sie in ein Schaufenster blickte.

Karl nahm noch einen Zug aus seinem Joint und holte einen Papierfetzen aus der Hosentasche. „Das Haus da muß es sein", sagte er und zeigte auf ein großes graues Bürogebäude jenseits der Straße.

Sie bahnten sich ihren Weg durch den Verkehrsstau auf die andere Straßenseite und warteten vor dem Gebäude, bis Karl seinen Joint zu Ende geraucht hatte.

„Gibt's noch was, das du rauchen möchtest, bevor wir reingehen?" fragte Oscar, als Karl fertig war.

„Sehr witzig", gab Karl zurück.

Drinnen im Gebäude suchten sie die Namen auf einem großen Wegweiser in der Nähe der Aufzüge ab: Calvin Klein, Halston, Perry Ellis, Sonia Rykiel...

„Ha, da ist es", sagte Karl und deutete auf einen Namen auf der Tafel.

„Welcher?" fragte Susan aufgeregt.

„Weinburger", sagte Karl.

„Weinburger?"

„Ja. Murray Weinberger Limited. Neunter Stock."

„Das hatte ich mir irgendwie anders vorgestellt", sagte Susan dumpf, als sie einen Fahrstuhl betraten und nach oben fuhren. Als die Türen aufgingen, befanden sie sich in einem riesigen Raum mit niedriger Decke, der mit ungefähr hundert Menschen angefüllt war, zumeist Frauen, die an Nähmaschinen saßen. Die Nähmaschinen veranstalteten mit ihrem Sirren und Klacken und Hämmern ein großes Getöse. Und überall, an den Wänden, auf dem Fußboden waren Tausende von Stoffetzen, selbst von der Decke hingen sie herab. Es kam ihnen vor, als wären sie in einen wilden Wald aus Stoffen und Fäden geraten.

In einer Ecke war ein kleines Büro mit großen Glasfenstern, und drinnen erblickten sie Barney Star, in einen Stuhl gefläzt und eine seiner dünnen Zigarillos rauchend. Jetzt sah er sie und stieß die Tür auf. „Schön, daß ihr da seid", sagte er und winkte sie herein. „Murray mußte kurz weg, mit jemandem reden. Ist gleich wieder da."

Gary und die Band gingen in das Büro. Dort stand ein alter hölzerner Schreibtisch mit Haufen von wild durcheinanderliegenden Papieren darauf, ein durchgesessenes braunes Sofa und alte Stühle. Alles im Büro wirkte antiquiert – das Telefon, die Schreibmaschine, die Aktenschränke sahen aus, als stünden sie schon seit der Jahrhundertwende da.

Barney sagte, sie sollten sich setzen, und hockte sich selbst auf die Schreibtischkante. Er schaute sie mit seinen Froschaugen an und klatschte in die Hände. „Na, was macht die Kunst? Wie geht's immer?"

„Hm, nicht so toll", sagte Gary.

„Warum nicht?" fragte Barney.

„Karls Mutter ist dahintergekommen, daß Sie versucht haben, uns ins *DeLuxe* zu kriegen. Und jetzt ist sie stocksauer.

Barney paffte gedankenverloren an seinem Zigarillo. „Das tut mir echt leid, du. Aber ihr hättet's doch sowieso nicht mehr lange mit ihr gemacht, oder?"

Gary zuckte die Schultern. „Wahrscheinlich nicht."

„Und ich bin doch derjenige, der das Ding jetzt für euch schaukelt, also kommt ihr mit mir, oder?"

„Und was für ein Ding haben Sie geschaukelt?" fragte Susan.

Barney zwinkerte sie an und sagte: „Ne Menge. Es gibt endlose Möglichkeiten."

Susan warf Gary einen zweifelnden Blick zu.

„Was ist mit dem *DeLux*?" fragte Karl.

Barney tat die Frage mit einer Handbewegung ab, zog ein silbernes Etui aus der Tasche und bot ihnen Zigarillos an. „Wie wär's mal damit?"

„Warum nicht?" sagte Karl.

Barney reichte ihm eine Zigarillo und gab ihm mit einem goldenen Feuerzeug Feuer. Währenddessen murmelte Oscar: „Mann, Karl, gibt es überhaupt noch was, das du nicht rauchst?"

„Jetzt hör schon mit dem Scheiß auf", sagte Karl gereizt.

„Ich hätte eigentlich gern gewußt, was da im *DeLux* abgelaufen ist", sagte Susan.

Barney machte eine Kunstpause und holte tief Luft. „Ach, weißt du, mir haben ihre Bedingungen nicht gepaßt."

„Was für Bedingungen?" fragte Gary.

„Eigentlich gab's überhaupt keine Bedingungen", räumte Barney ein bißchen hilflos ein. „Die Knaben dort sind zu klein, kommen sich aber ganz groß vor. Das habt ihr nicht nötig. Ich sage euch, ihr fahrt besser mit 'ner PR-Show!"

„Eine PR-Show?" fragte Karl.

„Wir stellen unsere eigene Show auf die Beine", erklärte Barney. „Wir mieten uns einen Club für einen Abend und laden nur die Leute ein, die wir haben wollen. Wir hauen unheimlich aufs Blech. Publicity, kaltes Buffet, besondere Einladung, das ganze Drum und Dran. Ausgewählte Presseleute. Eine dicke Prise Leute aus der Industrie. Wir machen ein ganz großes Faß auf, hauen die großen Zampanos an, und die Verträge kommen nur so angerollt."

Gary mußte zugeben, daß das nicht schlecht klang. „Sie

meinen also eine Privatvorstellung für die Musikindustrie", sagte er.

Barney nickte. „Exakt."

„Aber woher wissen wir, ob die auch kommen?" fragte Karl. „Vorher sind die Leute auch nicht zu unseren Gigs gekommen."

„Da war ich ja auch noch nicht euer Manager, oder?" sagte Barney. „Ich werd euch sagen, wie wir sie herkriegen. Wir geben ihnen das Gefühl, daß sie etwas Ungeheures versäumen, wenn sie nicht kommen. Niemand will derjenige sein, der draußen bleibt, hab ich recht? Wenn sie wissen, daß alle anderen kommen, dann müssen sie auch kommen. Wir schärfen diesen Gig so ab, daß nicht mal ein Todesfall in der Familie sie davon abhält."

„Das hört sich ja echt toll an", grinste Karl.

„In deinem Zustand würde sich alles toll anhören", grummelte Oscar.

Bevor sie die Sache weiter besprechen konnten, betrat ein alter Mann das Büro. Bis auf einen dünnen weißen Haarkranz, der sich über seinen Hinterkopf von Ohr zu Ohr erstreckte, war er fast vollkommen kahl. Er trug eine Brille mit dicken bifokalen Gläsern und einen langen grauen Schurz, in dem eine Schere, Maßbänder und Nadeln steckten. Plötzlich verstand Gary, warum alles in dem Büro so alt aussah. Dieser Alte war womöglich auch seit Beginn der Zeitrechnung da.

Barney Star sprang von der Schreibtischkante herab. „Murray, das ist meine Band. Die sind echt Spitze, Murray. Die werden mal ganz groß."

Der alte Mann lächelte. Er hatte nicht mehr viele Zähne. Er ging auf die Band zu und musterte sie. „Die sehn wie richtig nette Jungs aus, Barney", sagte er. „Seid ihr nette Jungs?" Er erinnerte Gary an seinen Großvater.

„Na klar."

„Wißt ihr, daß ich Barney seinen ersten Job gegeben hab?" fragte er. „Er war so grün, daß er ein Maßband nicht von einem Faden unterscheiden konnte. Guter Junge. Hat hart für mich gearbeitet. War ein guter Verkäufer, Naturbegabung. Das sind die besten."

Gary und die andern schauten einander an, unsicher, was sie von dem Alten halten sollten oder davon, was er ihnen erzählte. Murray blickte wieder zu Barney hin. „Aber dann hat ihn das Showbusiness gepackt. Hat ihn so richtig am Arsch gepackt, ihr entschuldigt meine Ausdrucksweise. Und das war's denn auch. Jetzt wird jeder ein Star!" Er zeigte mit seinem knochigen Finger auf die Band. „Ihr werdet Stars. Er wird ein Star. Ich würde auch ein Star sein, aber wahrscheinlich bin ich vorher tot."

Barney wurde ein wenig rot. „Jetzt reicht's, Murray", sagte er und tätschelte dem alten Mann den Rücken. „Kommen wir zum Geschäft. Die Jungs hier haben nichts mit der Frühgeschichte am Hut."

Murray ging zur Tür und rief eine kleine dicke Frau herein, die von allen die Maße nahm. Während sie an der Arbeit war, erzählte ihnen Barney, wie toll die PR-Show werden würde. Gary wünschte, er würde die Luft anhalten.

21

„Woher hab ich dieses Gefühl, irgendwie zu versinken?" fragte Gary, als er später mit Susan und Karl auf der Suche nach einer Pizzeria war. Oscar war zum Essen nach Hause gegangen.

„Vielleicht, weil du in nassem Zement stehst?" frotzelte Karl.

„Nicht sehr witzig, Karl", sagte Susan.

„Der Typ war doch Kleiderverkäufer", sagte Gary.

„Die Sache mit den Bedingungen vom *DeLux*, die ihm nicht paßten, war ja scharf", fügte Susan hinzu.

„Ach was", sagte Karl. „Bloß weil der Bursche mal Kleiderverkäufer war und uns nicht ins *DeLux* gekriegt hat, das heißt doch noch nichts. Ich finde die Sache mit der PR-Show gar nicht so schlecht. Geben wir ihm doch 'ne Chance, oder?"

„Wir haben keine andere Wahl, Karl", meinte Gary. „Bei deiner Mutter sind wir unten durch. Jetzt haben wir nur noch Barney."

„Nicht gerade sehr aufbauend", seufzte Susan.

Sie entdeckten eine Pizzeria in der Nähe der 48. Straße, wo die ganzen Musikgeschäfte waren. Drinnen setzten sie sich ans Fenster und bestellten Bier und eine Pizza mit extra Käse und Würstchen.

„Mir gefällt das Ganze einfach nicht", sagte Susan. „Ich sehe sonst nicht so schwarz, aber Barney bringt's doch nicht. Du kriegst nie eine klare Antwort aus ihm raus. Ich würde sagen, wir versuchen, ihn loszuwerden und wieder mit Mutter Roesch zusammenzukommen."

Karl schüttelte den Kopf. „Der Zug ist abgefahren. Ich hab gestern mit ihr telefoniert." Er nahm einen Schluck Bier. „Sie ist immer noch sauer."

„Konntest du ihr nicht erklären, warum wir es gemacht haben?" fragte Susan. „Vielleicht wär's gut gewesen, wenn du ihr gesagt hättest, daß Oscar gedroht hat auszusteigen, und das die einzige Möglichkeit war, die Band zusammenzuhalten. Vielleicht würde sie uns dann eher verstehen."

„Sie ist noch zu wütend, um überhaupt etwas verstehen zu

wollen", sagte Karl.

Ein Kellner brachte eine große Pizza und stellte sie mitten auf den Tisch. Jeder zog sich eine Schnitte auf den Teller, und sie begannen zu essen.

„Wißt ihr, was Stars Anfangsbuchstaben bedeuten?" fragte Susan.

„Barney Star", sagte Karl mit einem Mund voll Pizza.

„Auch BS", sagte Gary.

Karl schüttelte den Kopf und wischte sich den Mund mit einer Serviette ab. „Ihr seid ja echt das Letzte. Ihr wollt Barney auf Indizien hin verurteilen. Er war einmal Verkäufer, ein Club hat abgelehnt, seine Initialen stehen für ‚bullshit', und für euch reicht das, um ihn auf den elektrischen Stuhl zu setzen."

Gary sagte zu Susan: „Er hat da nicht ganz unrecht, Sue. Womit Barney einmal seine Brötchen verdient hat, ist nicht unser Bier."

Doch Susan war anderer Meinung. „Ich finde, das ist unser Bier. Wir legen die Band in seine Hände, Gary. Wie kommst du darauf, daß er besser sein könnte als Mrs. Roesch? So wie's jetzt mit uns steht, hätte ich wirklich gern jemanden, der uns managt, zu dem wir echtes Vertrauen haben können."

Gary war überrascht. „Ich wußte nicht, daß dir das so zu schaffen macht."

„Wenn du den ganzen Tag in dieser Eisdiele verbringen müßtest, dann wärst du ein bißchen mehr daran interessiert, daß wir mit der Band weiterkommen", sagte sie. „Wenn du mal einen Monat lang für einen Hungerlohn gearbeitet hast, merkst du, daß es schlimmere Dinge gibt, als in einer erfolgreichen Rockband zu spielen."

Karl nickte. „Als ehemaliger Fahrradbote kann ich bezeugen, daß sie die Wahrheit spricht."

„Na schön", sagte Gary. „Auch ich habe Barney Star nicht ins Herz geschlossen. Aber eine Sache, die uns so nervt, ist doch, daß keiner der großen Clubs und keine der Plattenfirmen uns eine Chance geben will, oder? Dann wär's doch ziemlich scheinheilig von uns, wenn wir nicht mal Barney eine Chance geben."

Susan zuckte die Schultern und sagte nichts mehr, und eine Zeitlang konzentrierten sie sich auf ihre Pizza. Als Gary eine weitere Pizzaschnitte vom Teller nahm, warf er einen Blick zum Fenster hinaus und sah einen hochgewachsenen Jungen mit langen blonden Haaren draußen stehen und hereinschauen. Er trug einen langen grünen Armeemantel und hatte einen Gitarrenkoffer in der Hand.

„Ey, das ist Johnny Fantasy", rief Gary aus. Johnny war der Leadgitarrist der Zoomies, der Band, die für Gary immer die Hauptkonkurrenz unter den jungen New Yorker Bands war, die noch keinen Vertrag hatten. Das hieß, bis Oscar jene Meldung im *Billboard* entdeckte, nach der die Zoomies ein Album produziert hatten und auf eine Fünfzehn-Staaten-Tournee gehen sollten.

Gary winkte ihm, Johnny sah ihn und kam herein. Den ganzen letzten Sommer hindurch waren die beiden Bands oft genug zusammen aufgetreten, um freundschaftliche Rivalen zu werden.

Gary und die anderen machten Johnny Platz, und der lange Gitarrist setzte sich dazu.

„Habt ihr noch ein Stück übrig?" fragte Johnny und starrte auf die Pizza.

„Na klar, nimm dir eins", sagte Gary.

„Und? Wie geht's so?" fragte Karl, während Johnny sich ein Stück vom Teller nahm und hungrig hineinbiß.

Johnny zuckte die Schultern. „Reichlich beschissen."

„Aber wir haben gelesen, daß ihr einen Plattenvertrag

gekriegt habt und für sechs Wochen auf Tournee geht", sagte Gary. „Das klang doch ganz toll."

Johnny nickte und streute Knoblauchpulver auf seine Pizza.

„Na, und wie. Klang unglaublich. Die Plattenfirma hat uns in ein Studio gesteckt und uns eine Tournee mit allem Drum und Dran versprochen. Die echte Starbehandlung. Wir schnitten das Album, mischten es ab, machten das Cover. Vor drei Wochen kam es dann heraus und wurde gleich niedergemacht. Ätzend, diese Kritiker."

„Scheiße, Mann", sagte Karl.

„Es war alles einfach schlecht getimed", sagte Johnny. „Diesen Monat mögen sie keinen Pop. Nächsten Monat sind sie wieder ganz geil drauf. Jedenfalls, als die Kritiken so nacheinander hereinkamen, war's in der Plattenfirma auf einmal wie im Kühlschrank. Keiner rief zurück. Plötzlich war jeder unterwegs, im Urlaub oder in einer wichtigen Besprechung und durfte nicht gestört werden."

„Wahnsinn."

„Als nächstes haben wir dann erfahren, daß die Tournee geplatzt ist", erzählte Johnny weiter. „Sie haben sie einfach abgesagt. Wir wollten sie eigentlich wegen Vertragsbruch verklagen, aber das kannst du vergessen. Es steht alles im Kleingedruckten. Sie können die Tour absagen, wenn sie wollen. Sie müssen nicht mal das Album veröffentlichen."

„Ist ja unglaublich!" ächzte Gary.

Aber Johnny schüttelte nur den Kopf. „Nee du, das ist das Musikgeschäft. Wenn du's bringst, lieben sie dich. Wenn nicht, kennen sie nicht mal mehr deinen Namen."

„Was werdet ihr jetzt machen, Johnny?" fragte Susan.

Der Gitarrist zuckte die Schultern. „War ein ziemlicher Schlag für uns. Zwei von uns wollen nicht mehr so recht in der Band bleiben. Kann's ihnen nicht verdenken; du kannst dir nur eine bestimmte Zeit lang den Kopf gegen die Wand donnern. Manche wollen wieder zurück in die Schule, andere suchen einen richtigen Job."

„Und du?" fragte Gary.

Johnny grinste. „Ich bleibe dabei. Mache alles mögliche, Unterricht geben, Sessionarbeit, Werbespots, was grade kommt. Was sollte ich auch sonst tun? Gitarrespielen ist das einzige, was ich kann. Vielleicht mach ich auch 'ne neue Band auf und versuche, auf den nächsten Trend aufzuspringen."

Gary und die andern nickten. Es war alles deprimierend. Johnny nahm sich noch ein Stück von der Pizza und fragte, wie es den Coming Attractions gehe. Gary erzählte ihm von der Sache mit Mrs. Roesch und der PR-Show, die Barney Star plante.

„Hast du schon von Barney Star gehört?" fragte Karl.

Johnny schüttelte den Kopf. „Nein, da rennen ja so viele von der Sorte rum. Nichts Genaues weiß man nicht. Manchmal gerätst du an einen, der sich wirklich auskennt. Aber manchmal läufst du so 'nem Hohlen übern Weg, der bloß bei den Bands rumhängen und die Mädchen anmachen will. Jeder, der will, kann sich Rockmanager nennen. Da brauchst du kein Diplom oder so was dafür."

Susan nickte zustimmend.

„Was hältst du von der PR-Show?" fragte Gary.

„Was soll man da sagen? Du mußt alles versuchen, was sich nach irgendwas anhört. Wenn's was bringt, okay. Wenn nicht, versuchst du was anderes. Aber eins kann ich dir sagen. Wenn dir ein paarmal der Wind ins Gesicht geblasen hat, dann kriegst du ziemlich schnell raus, ob du nur zum Spaß in dieser Scene bist oder ob du drin bist, weil du sonst nirgendwo sein kannst. Ich kann verstehen, warum 'ne Menge Leute das Handtuch werfen, und ich kann's ihnen nicht verübeln."

Gary lehnte sich zurück. Es war schwer zu glauben, daß solche Worte von Johnny Fantasy kamen. Der Junge war immer so verrückt auf Rock gewesen.

Johnny aß seine Pizza auf und erhob sich. „Danke für die Pizza, Leute", sagte er. „Ich muß los. Macht's gut, und viel Glück bei eurer PR-Show."

Als er seinen Gitarrenkoffer aufnahm, deutete Karl darauf. „Hast'n Gig oder was?"

Johnny setzte ein Grinsen auf. „Nein, du, ich muß rüber in das Musikgeschäft, bevor es dicht macht. Da drin ist einer von meinen Ersatzhobeln. Muß ihn leider verkaufen, damit ich die Miete für diesen Monat bezahlen kann."

Die Band sah Johnny schweigend nach, als er die Pizzeria verließ und in Richtung der Musikgeschäfte auf der Achtundvierzigsten ging. Es war noch ein Stück Pizza übrig, aber keiner hatte mehr Appetit darauf. Karl nahm einen Schluck Bier und starrte die andern an. „Das", sagte er, „hat total runtergezogen."

22

Es war nur noch eine Woche bis zu der PR-Show, und die Band sah ihr mit Spannung entgegen. Sie machten Überstunden im Proberaum, feilten an ihrer Bühnenarbeit, und beinahe jeden Abend saßen Susan, Karl und Gary in Garys Zimmer zusammen, um an neuem Material zu arbeiten. Sie wollten alles daransetzen, um aus der Show einen Erfolg zu machen.

Die Eingliederung Karls in den Haushalt der Specters war problemloser, als Gary erwartet hatte. Mrs. Specter zeigte wirklich viel Verständnis und behandelte ihn wie ihren eigenen Sohn. Karl meinte, er wisse das wohl zu schätzen, weil sie richtiges Essen kochte und nicht die tiefgefrorenen Fertiggerichte, die er von zu Hause gewöhnt war. Dann wiederum war es schwer zu entscheiden, ob Garys Vater überhaupt mitbekam, daß Karl tatsächlich bei ihnen wohnte. Eines Abends wartete Dr. Specter nach dem Essen, bis Karl aus dem Zimmer war, und fragte Gary, warum sein Freund so oft hier mitesse.

„Er wohnt schon seit einer Woche hier, Dad", sagte Gary.

Sein Vater sah ihn verblüfft an: „Du meinst, er schläft auch hier?"

Gary nickte.

„Weiß das Mutter?" fragte Dr. Specter.

„Natürlich weiß sie es, Dad!"

Dr. Specter schien erleichtert. Solange seine Frau Bescheid wußte, war es nicht sein Problem.

Ein wichtiges Ereignis stand vor der PR-Show noch an. Die erste Aufführung von Allisons Tanzkurs stand bevor, und Allison wollte, daß Gary auch kam.

„Eine Frage nur", sagte Gary.

„Ja, meine Eltern kommen auch", sagte Allison und nahm ihm damit das Wort aus dem Mund. „Aber sie mögen dich doch ganz gern."

„Sie mögen nur nicht, was ich mache", meinte Gary.

„Stimmt, das verstehen sie nicht so recht", räumte Allison ein.

„Na toll", sagte Gary. „Vielleicht sollte ich ihnen Unterricht geben. Einführung in Rockmusik!"

„Gary..."

„Schon gut, schon gut. Du weißt ja, daß ich komme."

Die Aufführung war in demselben Raum, in dem Gary Allison nach der Schule manchmal zugesehen hatte. Jetzt waren aber ein paar Dutzend Klappstühle am hinteren Ende in Reihen aufgestellt, auch einen Tisch mit einer Punschbowle und Plätzchen darauf gab es. Soweit Gary sah, bestanden die Zuschauer zumeist aus Eltern und Freunden der Tänzerinnen. Er schaute sich nach Allison um, konnte sie aber nirgends entdecken. Sie war wahrscheinlich in irgendeinem anderen Zimmer und machte sich für die Aufführung warm.

Es war noch etwas Zeit bis zum Beginn der Vorstellung, und so ging Gary zum Imbißtisch hinüber. Eine junge Frau in rosafarbenem Kleid schenkte ihm Punsch ein, und er nahm sich ein paar Plätzchen. Als er sich abwandte, stolperte er fast über Allisons Eltern.

„Oh, hallo, Gary", rief Mrs. Ollquist und strahlte übers ganze Gesicht. Sie trug ein blaues Kleid und Perlen. Mr. Ollquist, der neben ihr stand, trug einen grauen Nadelstreifenanzug.

„Tag, Mrs. Ollquist, Tag, Mr. Ollquist", sagte Gary und ließ einen weiteren knochenbrechenden Händedruck von Allisons Vater über sich ergehen.

„Allison erzählte uns, daß Sie vielleicht auch da sein würden", sagte Mrs. Ollquist. „Interessieren Sie sich für Ballett?"

„Nun, um die Wahrheit zu sagen, ich verstehe nicht sehr viel davon", sagte Gary.

„Ach, da gibt's nicht viel, was man wissen muß", meinte Allisons Mutter. „Es ist einfach schön anzuschauen." Sie wandte sich ihrem Mann zu. „Stimmt's, Darling?"

„O ja, natürlich", sagte Vater Ollquist. Er wirkte etwas gelangweilt, und Gary hatte den Verdacht, daß er nicht gerade der größte Ballettfan der Welt war.

„Wir sind so froh, daß Allison sich für Ballett interessiert", sagte Mrs. Ollquist. „Wenn man sich überlegt, in was für Dinge die Mädchen heute so geraten..."

Ihre Worte verloren sich, und Gary glaubte den Grund dafür zu kennen. Ihr war wohl gerade noch eingefallen, daß er ja Rockmusiker war. Es war sehr wahrscheinlich, daß eines der „Dinge", in die Allison zu ihrer Erleichterung nicht geraten war, Rockmusik war. Mrs. Ollquist war peinlich berührt, aber Gary entschloß sich, ihr aus der Verlegenheit zu helfen.

„Ich glaube", sagte er, „das Tolle am Ballett ist, daß es Kunst mit körperlicher Bewegung vereint."

Mr. Ollquist schaute Gary mit einer hochgezogenen Augenbraue an.

Er denkt vermutlich, daß ich verrückt bin, dachte Gary, und er hat recht.

„Da stimme ich Ihnen völlig zu", erklärte Mrs. Ollquist. „Und ich glaube auch, es ist eine wunderbare Art der Disziplin. Aber...", sie senkte ihre Stimme, „ich hoffe nur, daß Allison keinen Beruf daraus machen will."

„Warum nicht?" fragte Gary überrascht.

„Weil diese Ballettschule mich noch um das letzte Hemd bringt", brummte Mr. Ollquist.

„Ach, das weniger", sagte Mrs. Ollquist und stupste ihren Mann am Arm. „Aber man hört ja so manches über das Leben der jungen Ballerinen, und das klingt so... streng. Die haben kaum noch Zeit für etwas anderes außer Tanzen."

„Und Kleider kaufen", fügte Mr. Ollquist hinzu.

Jetzt stand der Ballettlehrer, der Mann, den die Tänzerinnen den „Wulst" nannten, in der Mitte des Raums und bat die Anwesenden, Platz zu nehmen. Mrs. Ollquist lud Gary ein, bei ihr und ihrem Mann zu bleiben, und sie setzten sich auf die Metallstühle.

Der grauhaarige Pianist begann zu spielen, und acht Ballerinen, darunter Allison, kamen aus einer Seitentür getrippelt und nahmen ihre Position ein, Arme und Beine steif gestreckt. Der Lehrer nickte, und sie fingen zu tanzen an. Alle Mädchen hatten die Haare streng nach hinten zu einem Knoten zusammengebunden, sie trugen dunkles Augen-Make-up und viel Lippenstift. Allison tanzte auf den Zehen, voll konzentriert, sie blickte auch nicht einen Augenblick zu Gary oder ihren Eltern herüber. Gary fand, daß sie die schönste Ballerina auf der Tanzfläche war. Er schielte zu Mrs. Ollquist hinüber, die entzückt ihre Tochter beobachtete. Vater Ollquist neben ihr hatte die Arme verschränkt und die Augen geschlossen. Er schnarchte.

Nach der Hälfte der Aufführung gab es eine kurze Pause. Die Tänzerinnen verschwanden wieder durch die Seitentür, und die meisten Leute unterhielten sich miteinander. Da Mr. Ollquist fest eingeschlafen war, wandte sich Mrs. Ollquist Gary zu.

„Leider schafft es mein Mann, einfach alles zu verschlafen", sagte sie lachend.

„Nun, er wird wohl hart arbeiten müssen", erwiderte Gary. Er versuchte höflich zu sein.

„O ja", meinte Mrs. Ollquist. Sie nahm ein Taschentuch aus ihrer Handtasche und putzte sich anmutig die Nase. Gary fragte sich, ob sie jemals etwas unanmutig tat. „Wissen Sie, was er vorhin über die Stunden gesagt hat... er bezahlt sie wirklich gern. Er, nun, er glaubt manchmal bloß, er müßte brummig sein. Aber er ist sehr großzügig!"

Gary lächelte. „In meiner Familie spielt meine Mutter diese Rolle."

Mrs. Ollquist gab ein leises Lachen von sich. Gary rätselte, ob sie einfach nur höflich oder sehr viel netter war, als er ursprünglich angenommen hatte. Vielleicht hatte Allison recht mit ihren Eltern. Es dauerte nur eine Weile, sie kennenzulernen. Er wußte schon, daß er Allisons Mutter mögen würde. Mit ihrem Vater war es allerdings anders.

Die Pause ging zu Ende, und Mr. Ollquist brachte es fertig, die Vorstellung bis zum Schluß durchzuschlafen. Gary mußte zugeben, daß auch er am Ende drauf und dran war einzuschlafen. Natürlich hielt er sich wach und tat so, als interessierte es ihn glühend. Er bemerkte, daß Mr. Ollquist nicht nur aufwachte, sobald der Applaus begann, sondern auch heftig klatschte, so als ob er die ganze Zeit zugeschaut und es sehr genossen hätte.

Als der Auftritt zu Ende war, verschwanden die Tänzerinnen wieder durch die Seitentür. Mrs. Ollquist redete mit ihrem Mann, so daß Gary woanders hinsah. Er bemerkte zwei Mädchen etwa in Thomas' Alter, die ihn ansahen und miteinander tuschelten. Jetzt standen sie auf, kamen herüber und knieten sich auf zwei leere Stühle in der Reihe vor Gary.

„Bist du nicht der Bruder von Tommy Specter?" fragte die eine; sie hatte lange blonde Haare.

Gary nickte. Er bemerkte, daß Mr. und Mrs. Ollquist ihre Unterhaltung unterbrachen und zuhörten.

„Ihr seid eine tolle Band", sagte das andere Mädchen. Sie hatte lockige schwarze Haare und kaute Kaugummi.

„Ja, wir würden euch gern in einem Club hören, aber unsere Eltern erlauben es nicht", sagte das erste Mädchen.

„Wo habt ihr uns denn gehört?" fragte Gary.

„Auf dem Straßenfest in der Dritten Avenue letzten Sommer", sagte das Mädchen mit den schwarzen Haaren.

Ihre Freundin hielt ihm das Programm der Ballettaufführung hin. „Gibst du uns ein Autogramm?" fragte sie.

„Ich hab nichts zum Schreiben", sagte Gary.

„Einen Moment, ich glaube, ich habe etwas", sagte

Mrs. Ollquist und wühlte in ihrer Handtasche. Sie fand einen Kugelschreiber und gab ihn Gary, der damit das Programm signierte.

„Spielt ihr wieder einmal auf einem Straßenfest?" fragte eins der Mädchen.

„Vielleicht nächsten Sommer", sagte Gary und gab ihr das Programm zurück.

Beide Mädchen schauten enttäuscht drein. „Ich hab keine Lust, so lange zu warten", sagte die eine. „Gibt es keine Platte von euch?"

Gary schüttelte den Kopf.

„Warum nicht?" fragte das blonde Mädchen.

„Ist nicht leicht, einen Plattenvertrag zu kriegen", erklärte Gary.

„Aber die ganze Zeit höre ich Platten von Bands, die im Vergleich zu euch total lahm sind", sagte das Mädchen mit den schwarzen Haaren.

Gary lachte. „Danke", sagte er. „Keine Sorge, früher oder später haben wir auch ein Album."

Die Mädchen nickten, dann fragte die Blonde: „Hat Tommy eine Freundin?"

„Nein, er ist solo", sagte Gary.

„Siehst du, ich hab's dir gesagt", sagte sie zu der anderen. Dann standen die beiden auf und gingen hinüber zum Imbißtisch.

Gary merkte, daß er immer noch Mrs. Ollquists Stift hielt. Er gab ihn ihr zurück. „Vielen Dank."

„Fans?" fragte Mrs. Ollquist lächelnd.

„Scheint so", sagte Gary.

Jetzt kamen die Tänzerinnen wieder herein, diesmal umgezogen, und die Zuschauer klatschten noch einmal. Allison kam her und setzte sich auf einen der Stühle, auf denen Garys Groupies gerade gekniet hatten. Sie hatte den

Knoten wieder aufgelöst und fast das ganze Make-up abgewischt, nur ein bißchen Eyeliner war noch zu sehen.

„Ihr wart wundervoll", sagte Mrs. Ollquist.

Allison sah Gary an. „Und wie hat's dir gefallen?"

„Ihr wart ganz toll", sagte er.

„Ach, das sagst du doch nur so", meinte Allison. Sie wandte sich wieder ihrer Mutter zu. „Hat Dad noch etwas mitgekriegt, bevor er eingeschlafen ist?" fragte sie lachend.

Vater Ollquist räusperte sich, sagte aber nichts.

„Wenn du schon schnarchen mußt", sagte Allison zu ihm, „dann versuch wenigstens im Takt mit der Musik zu bleiben. Es fällt dann weniger auf!"

Nur eine Tochter kann sich so was leisten, dachte Gary.

Da es mitten in der Woche war, standen die Chancen schlecht, daß Allison nach der Vorstellung noch bleiben konnte. Aber während sie die Ballettschule verließen, gingen die Eltern Ollquist ein Stück voraus, um Allison und Gary die Gelegenheit zu geben, noch etwas für sich zu sein.

„Wie war's mit ihnen?" fragte Allison, als ihre Eltern außer Hörweite waren.

„Nicht schlecht", sagte Gary.

„Wie ich's dir gesagt habe!" Allison lächelte.

„Witzig, wie du deinen Vater ärgerst", sagte Gary.

Allison lachte. „Ach komm, Gary, er ist doch nur ein großer Teddybär!"

„Den Bären nehme ich dir ab", meinte Gary. „Mit dem Teddy bin ich mir nicht so sicher!"

Allison sah zu ihren Eltern hinüber. „Sie warten schon auf mich. Ich muß wirklich gehen", sagte sie hastig. „Steht alles für eure PR-Show?"

„Klar. Und du kannst echt nicht kommen?"

Allison nickte mit dem Kopf in Richtung ihrer Eltern. „Ich würde ja gern kommen, aber du weißt ja, nicht während der Woche!"

Gary nickte. „Vielleicht ganz gut so. Ich werde auch so schon nervös genug sein."

„Ihr werdet bestimmt ganz toll sein", sagte Allison. Dann küßte sie ihn auf die Wange. „Versprichst du mir, mich hinterher anzurufen und mir zu sagen, wie's lief?" sagte sie im Weggehen.

„Bestimmt." Gary winkte ihr nach. Junge, Junge, er war ganz schön in sie verknallt.

23

Am Tag der PR-Show stand Gary früh auf. Er war zu aufgeregt, um im Bett bleiben zu können, und es gab sowieso viel zu erledigen. Als erstes ging er hinunter in die Praxis seines Vaters. Die Sprechstundenhilfe hatte ihren freien Tag, und daher vertrat die Mutter sie.

Gary kam die Hintertreppe herunter. Wie gewöhnlich saßen ein paar Patienten auf den gelben Plastikstühlen, blätterten in Illustrierten und warteten auf Dr. Drillbohrer. Garys Mutter saß hinter der Empfangstheke.

Sie fiel vor Staunen fast vom Stuhl, als sie ihren Sohn sah. „Gary, was ist los? Es ist ja noch nicht einmal Mittag. Kannst du nicht schlafen?"

„Ha, ha, sehr witzig, Mam", sagte Gary. „Ich wollte euch fragen, ob ihr, du und Dad, Lust habt, mit zu der PR-Show heute abend zu kommen. Ich glaube, das wäre 'ne gute Gelegenheit, uns mal zu sehen und zu hören. Und vollgekiffte Irre werden auch nicht rumrennen."

Die Mutter war offensichtlich von diesem Angebot überrascht. Gary hatte nie so richtig gewollt, daß sie ihn auf der

Bühne sah, aber jetzt dachte er, daß sie ihn nicht mehr so sehr nerven würde, wenn sie ihn einmal hätte spielen sehen.

„Oh, danke für das Angebot", sagte Mrs. Specter. „Leider haben wir heute abend schon etwas vor."

„Ach, wirklich?" fragte Gary.

„Vielleicht ein andermal, mein Sohn", sagte Mrs. Specter. „Aber da du gerade hier bist, möchte ich mit dir etwas anderes besprechen!"

Sie stand auf, und Gary folgte ihr den Gang entlang. Bohrgeräusche drangen aus einem Behandlungszimmer, und als Gary vorbeiging, sah er einen Moment lang seinen Vater und die Assistentin über einen Patienten gebeugt. Gary zuckte bei dem hochdrehenden Geräusch des Bohrers zusammen. Ein Stück weiter den Gang entlang machte Mrs. Specter eine Tür auf, die mit *Labor* gekennzeichnet war. Drinnen war eine junge Frau, die gerade Instrumente aus dem Sterilisiergerät nahm.

„Cathy", sagte Mrs. Specter, „übernehmen Sie für einen Augenblick das Telefon, während ich mit Gary hier bin?"

Cathy nickte. Als sie hinausging, zwinkerte Gary ihr zu, und sie sagte „Hi, Gary" und kicherte. Alle Mädchen in der Praxis seines Vaters machten Spaß mit ihm.

Mrs. Specter setzte sich auf einen Schemel. Gary lehnte sich gegen einen Schrank und blickte sich in dem Zimmer um; überall standen Bohrgeräte und Sterilisierapparate und Regale, auf denen Dutzende falscher Gebisse lagen.

Die Mutter zupfte sich einen Fussel vom Mantel. „Mrs. Roesch hat heute morgen angerufen", sagte sie. „Sie ist sehr besorgt und möchte, daß Karl wieder nach Hause kommt."

„Karl sagt da etwas anderes. Er meint, sie wolle nicht, daß er kommt."

Die Mutter nickte. „Sie glaubt, er sagt das, weil er ein

schlechtes Gewissen deswegen hat, wie ihr sie behandelt habt, und er wolle nicht nach Hause kommen, um ihr nicht ins Gesicht sehen zu müssen."

Gary konnte das verstehen. Er war auch nicht besonders scharf darauf, Mrs. Roesch unter die Augen zu treten.

„Weißt du, Gary", sagte seine Mutter, „manchmal ist es besser, hinzugehen und jemandem die Wahrheit zu sagen, anstatt ihn selbst draufkommen zu lassen. Ich will damit nicht sagen, daß ihr Mrs. Roesch als Managerin hättet behalten sollen. Aber als ihr nicht mehr mit ihr arbeiten wolltet, hättet ihr es ihr sagen müssen."

„Ja", sagte Gary. Er war auch schon zu einem ganz ähnlichen Ergebnis gekommen. Beim Anblick all der falschen Gebisse stellte er sich vor, daß sie alle klappernd seiner Mutter zustimmten. „Du wirfst Karl aber nicht raus, oder?"

Mrs. Specter schüttelte den Kopf. „Karl muß selbst entscheiden, wann er zurück nach Hause will. Es wäre sicher gut, wenn du ihn dazu überreden könntest!"

„Vielleicht heute abend nach der PR-Show!"

Mrs. Specter nickte und stand auf. „Das scheint sehr wichtig für eure Band zu sein!"

„Möglicherweise das Wichtigste, was uns bisher passiert ist", sagte Gary. „Das könnte der Durchbruch werden."

Mrs. Specter verdrehte die Augen und sah lächelnd ihren Sohn an. „Dann hoffen wir mal, daß alles gutgeht!"

Gary konnte die Resignation in ihrer Stimme heraushören. War es möglich, daß sie endlich anfing zu verstehen, wie wichtig Musik für ihn war? Gewöhnte sie sich langsam an den Gedanken, daß er ein eigenes Leben hatte? Gary wollte es nicht glauben. Es wäre zu schön gewesen, um wahr zu sein.

Barney Star hatte einen kleinen schicken Club in Greenwich Village namens *The Lewd* ausgesucht. Er war in wunderschönem Art-Deco-Stil gehalten, mit rosa Wänden und einer Tanzfläche aus schwarzen Fliesen. Die Wände entlang waren mit Samt ausgeschlagene plüschige Kojen und glitzernde Leuchter, in der Mitte des Raums stand ein mit kaltem Braten, Früchten und Käse beladener Teewagen. Ein Blumengeschäft hatte die Tische und den Bühnenrand mit Blumen geschmückt. Gary sah, daß Star aufs Ganze gegangen war; das Ergebnis war beeindruckend.

Barney selbst erschien in Anzug und Krawatte, die Cowboystiefel blank poliert. Er war so fröhlich und aufgeregt wie ein kleines Kind an seinem Geburtstag. Nachdem die Band den Sound durchgecheckt hatte, gab er ihnen die Kostüme, die er für den Auftritt hatte anfertigen lassen.

„Das ist das Image, das ihr braucht", sagte er und überreichte jedem einen Overall, jeder in einer anderen Farbe. Oscar bekam einen purpurroten, Karl einen schwarzen, Susan einen knall-lilafarbenen und Gary einen blauen. In großen roten Lettern stand auf dem Rücken *Coming Attractions*, auf der Brust der Name des Musikers.

Die „Coming Attractions" sahen einander an.

„Wir sehen aus wie aufgemotzte Automechaniker", sagte Oscar.

„Reg dich nicht auf, Oscar", flüsterte Gary. „Wenn Barney denkt, daß wir das für einen Vertrag brauchen, dann ziehen wir's auch an."

Alles war also bereit. Selbst Susan mußte zugeben, daß der Club toll aussah. Das Essen, die Kostüme, die Blumen – alles trug zu dem Klasse-Look bei, den Barney wollte. Jetzt mußten nur noch die großen Bosse an die Wand gespielt werden.

Aber die mußten erst einmal kommen.

Sie warteten. Auf der Bühne stimmten Gary und die anderen nervös ihre Instrumente. Hinter der Bar stand ein Barmann und trocknete Gläser ab und richtete sie in sauber gezogenen Reihen aus. Barney Star ging bei der Tür auf und ab, rauchte einen Zigarillo und warf Blicke auf den Eingang.

Sie warteten. Die Instrumente waren perfekt gestimmt, die Band konnte nur noch herumstehen. Der Barmann lehnte mit verschränkten Armen an einem mit Schnapsflaschen gefüllten Schrank. Barney ging hinaus.

Sie warteten. Oscar saß auf dem Bühnenrand. Gary und Susan saßen auf ihren Verstärkern. Am Schlagzeug zündete Karl sich eine Zigarette an. Ein Paar in Baseballjacken aus schwarzem Samt im Partner-Look kam herein und begann, von den Delikatessen auf dem Tisch zu essen. Gary hatte keine Ahnung, was für Leute das waren, wohl aber keine Musikleute. Das gleiche galt für drei Typen, die nach Studenten aussahen und an die Bar gingen und etwas zu trinken bestellten.

Sie warteten. Das Paar mit den Baseballjacken ging wieder, und Barney kam herein; er sah enttäuscht aus. Susan machte ein paar Aerobic-Übungen. Oscar saß an einem Tisch und las Zeitung. Der Barmann hatte einen kleinen Fernseher hinter der Bar angestellt.

Um viertel vor elf warf Barney das Handtuch. Über zwei Stunden waren seit dem offiziellen „Beginn" der PR-Show vergangen. Die Band war nicht mal mehr auf der Bühne. Sie saßen einfach um einen Tisch, enttäuscht und wie gelähmt. Vor allem spürten sie die Stille. Barney kam an den Tisch. Er schien eine erstaunliche Veränderung seit dem frühen Abend durchgemacht zu haben. Er sah zerzaust und angeschlagen aus, wie ein Arzt, der tagelang um das Leben eines Patienten gekämpft und schließlich verloren hat.

„Tut mir leid", sagte er und zog an einem Zigarillostummel. „Ich glaube, ihr könnt wieder einpacken. Es kommt wohl keiner mehr."

„Was war denn los?" fragte Susan.

Barney nahm die Brille ab und rieb sich die Augen. „Ich wünschte, ich könnte es euch sagen, aber ich weiß es selbst nicht. Wirklich nicht." Sein Selbstvertrauen war dahin, kein „BS" mehr in seiner Stimme. Niemand wußte mehr etwas zu sagen, und Barney drehte sich um und ging langsam zur Tür hinaus. Gary wäre es fast lieber gewesen, er wäre ihnen mit „BS" gekommen. Selbst eine lahme Entschuldigung wäre besser als keine gewesen. Es hätte ihnen wenigstens einen kleinen Hoffnungsschimmer gelassen. Nun hatten sie gar nichts mehr.

24

Am folgenden Nachmittag fiel dünner Schnee über die Stadt und bestäubte die düsteren Straßen und Gebäude wie Puder. Der Wind wirbelte den Schnee von den Gehsteigen, bis er sich in Ritzen und Spalten ansammelte. Gary stand am Eingang der Ripton-Schule, die Hände in die Taschen seiner Lederjacke gesteckt; seine Ohren brannten vor Kälte. Schnee legte sich auf seine Haare. Es war ihm nicht in den Sinn gekommen, einen Hut aufzusetzen.

Hin und wieder warf ihm ein Passant oder ein Schüler, der aus der Schule kam oder hineinging, einen seltsamen Blick zu. Schließlich war es nicht gerade ein Wetter, um einfach so draußen dazustehen, und es war viel zu früh, um jemanden von der Schule abzuholen. Die ersten Schüler würden Ripton erst in einer Stunde verlassen.

Aber das störte Gary nicht. Es gab nichts, wo er sonst

hätte hingehen können, niemanden, den er hätte sehen mögen, außer Allison. Er wollte nicht nach Hause, er wollte nicht in die Eisdiele, und schon gar nicht wollte er jemanden von der Band sehen. Er wollte einfach allein sein und warten. Zudem kümmerten ihn Schnee und Kälte nicht weiter. Nur seine Ohren und Zehen... Und aus irgendeinem unerklärlichen Grund war das in Ordnung.

„Gary?"

Er drehte sich um und schaute die alten Marmortreppen vor der Schule hinauf. Allison hielt eine der Holztüren auf und sah zu ihm herab. Sie trug einen rosa Pullover und Jeans. Der Wind packte ihre Haare und wirbelte sie wild durcheinander.

„Was machst du denn hier?" fragte sie.

Gary zuckte die Schultern. „Einfach warten."

Allison sah ihn genauer an. „Willst du hereinkommen?"

„Na gut." Gary stieg die Treppe hinauf und ging in den Vorraum.

Allison schloß die Tür hinter ihm. „Du bist ja voller Schnee", sagte sie und klopfte ihm den Schnee von den Schultern. „Wie lang bist du denn schon da draußen?"

„Nicht so lange", sagte Gary.

„Wolltest du warten, bis die Schule zu Ende ist?"

„Wahrscheinlich. Ich weiß nicht. Woher weißt du, daß ich hier bin?"

„Tina hat dich durchs Fenster gesehen." Sie sah ihn besorgt an. „War was mit der PR-Show?"

„Ein totaler Flop. Ganze fünf Leute waren da. Es war alles umsonst."

„O Gary, wie schrecklich", sagte Allison und legte ihm die Hand auf den Arm.

Gary zuckte die Schultern. „Hat mich eigentlich nicht überrascht. Ich war von Barney nie so richtig überzeugt.

Vielleicht hätte ich meinem Gefühl glauben sollen!"

Allison nickte. Sie verschränkte die Arme eng an ihrem Körper und schien zu zittern. Es war kalt in dem Vorraum. Sie standen auf einer schwarzen Gummimatte, und zur Tür zog es herein.

„Können wir hineingehen?" fragte Gary und zeigte auf die nächste Tür, die in die Schulkorridore führte.

Allison schüttelte den Kopf. „Du darfst da nicht rein. Aber hier können wir bleiben. Was wird jetzt aus der Band?"

Bevor Gary antworten konnte, ertönte die Schulglocke, und Mädchen strömten aus den Klassenzimmern. Viele gingen an dem Vorraum vorbei und starrten Gary und Allison an.

„Man kommt sich hier wie im Zoo vor", sagte Allison und sah hinaus.

„Mußt du nicht wieder hinein?"

„Jetzt ist Lyrik-Seminar", sagte Allison. „Da kann ich ein bißchen zu spät kommen. Was haben die andern dazu gesagt?"

„Weiß nicht." Gary sah auf die schwarze Matte und auf die dreckigen Pfützen Schneewasser hinab. „Seit gestern nacht hab ich mit niemandem geredet. Ich glaube, wir waren alle zu fertig, um was sagen zu können."

Allison sah bedrückt aus. „Ach, Gary, ich fühle mich ganz elend!"

Gary schaute auf die Mädchen, die immer noch vorbeigingen und herüberstarrten. Mehr denn je wollte er Allison in die Arme schließen und ihr weiches warmes Gesicht an seiner kalten nassen Haut spüren. Er schaute Allison an und wußte, daß es ihr genauso ging. Sie berührte seine Hand.

„Ich muß gehen", sagte sie. „Kommst du zu mir nach der Schule?"

„Und dein Ballettunterricht?"
„Lasse ich ausfallen."
„Und deine Eltern?"
„Mam ist zu Besuch bei ihrer Schwester in Connecticut, und Dad arbeitet bis spät!"
Gary merkte, wie er langsam zu lächeln begann. Allison gab ihm einen schnellen Kuß auf die Wange und ging zurück in die Schule.

An jenem Nachmittag sah Gary zum ersten Mal Allisons Zimmer. Es war nicht so, wie er es sich vorgestellt hatte. Allison wirkte immer so ordentlich, aber ihr Zimmer war... nicht gerade ein Schweinestall, aber nicht weit davon entfernt. Pullover und Jeans und Ballettsachen waren über Stühlen, Schränken und Bettpfosten drapiert. Das Zimmer war nicht schmutzig, nur schien Allison keine Lust zu haben, die Sachen aufzuhängen oder wegzuräumen, nachdem sie sie getragen hatte.
„Deine Mutter muß ja verrückt werden", sagte Gary. Er lag mit dem Kopf in ihrem Schoß, während sie ihm die Haare glattstrich.
„Nicht mehr", sagte Allison. „Früher war es so, aber jetzt tut sie einfach so, als gäbe es dieses Zimmer gar nicht. Sie will nur, daß ich die Tür geschlossen halte."
„Ich hoffe, es ist kein Vergehen, für das Mädchen damit bestraft werden, auf eine Privatschule in Nebraska geschickt zu werden", sagte Gary. Er legte ihr die Hände um den Hals und zog sie zu sich herab. „Ich will dich küssen", sagte er. Ihre Lippen berührten sich.
Dann richtete Allison sich wieder auf. „Gott sei Dank bin ich gelenkig", sagte sie. „Und du hast noch immer nicht meine Frage beantwortet!"
„Ich muß erst mal sehen, was die anderen jetzt vor-

haben", sagte er.

„Aber du bist der Boss. Meinst du nicht, daß eine Menge von dem, was sie denken, davon abhängt, wie du die Sache siehst?"

Gary zuckte die Schultern. „Ich kann sie nicht zum Spielen prügeln."

„Du kannst sie ermutigen. Du kannst ihnen sagen: ‚Zum Teufel mit Barney Star. Wir machen weiter!'"

Gary starrte Allison an. „Wenn wir weiterhin jeden Freitag- und Samstagabend spielen, werde ich dich nie sehen."

„Aber wenn du nicht weitermachst, was willst du dann tun?"

Er zuckte die Schultern. „Keine Ahnung. Zen-Buddhist werden und die materielle Welt transzendieren. Oder vielleicht aufs College gehen und meine Jugendzeit noch ein wenig verlängern. Oder einfach gleich Penner werden."

Allison versetzte ihm einen Stoß, daß er vom Bett rollte und unsanft auf dem Boden landete. „He, was soll das denn?"

„In meinem Leben ist kein Platz für Leute, die sich selbst bemitleiden", sagte Allison und blickte zu ihm hinab.

Gary stand auf und setzte sich auf die Bettkante. Allison saß auf dem Bett, sie hatte ihre Knie zur Brust heraufgezogen. Er wußte, daß sie recht hatte. Er tat sich nur selbst leid. Das Problem war nur, daß es für ihn im Moment kaum andere Gefühle gab.

„Ich schwöre dir, Allison", sagte er. „Zum ersten Mal im Leben weiß ich nicht mehr, was ich tun soll. Ich hab immer gemeint, wenn man nur hart arbeitet und dranbleibt, dann schafft man's auch. Aber jetzt weiß ich nicht mehr weiter."

Gary spürte Allisons Hände auf seiner Schulter, dann schlangen sich ihre Arme um ihn und drückten ihn fest. Er wünschte, die Zeit würde stillstehen, und es könnte so für immer sein.

25

Gary kam erst nach dem Abendessen nach Hause. Er schloß die Tür auf und ging den Flur entlang und am Eßzimmer vorbei, in der Erwartung, daß das Abendessen inzwischen vorüber und das Eßzimmer leer sei. Statt dessen saßen da noch seine Mutter, Karl und Susan am Tisch bei einer Tasse Kaffee.

„Was ist denn mit dir passiert?" fragte die Mutter.

„Hab mich verspätet", sagte Gary.

„Du weißt doch, daß du Bescheid geben sollst, wenn du nicht zum Essen kommen kannst", sagte Mrs. Specter.

Gary zuckte die Schultern. „Tut mir leid, ich hab's eben vergessen. Und was macht ihr hier?"

„Wir reden über letzte Nacht", sagte Susan.

„Was gibt's da noch zu reden?" fragte Gary.

Seine Mutter antwortete: „Ich hatte mir gedacht, daß Susan und Karl nach einer Erfahrung wie dieser die enormen Hindernisse vielleicht besser begreifen, die jeder erst mal überwinden muß, wenn er ein erfolgreicher Musiker werden will!"

Gary mußte lächeln. Seine Mutter verschwendete weiß Gott keine Zeit. „Mich wundert's, daß du nicht gleich die Anmeldeformulare fürs College mitgebracht und ihnen zur Unterschrift vorgelegt hast", sagte er.

Die Mutter runzelte die Stirn. „Das ist nicht fair, Gary.

Wir haben nur darüber gesprochen, daß wir jetzt in einer Zeit leben, in der es wirtschaftlich nicht gut läuft. Die Leute geben einfach nicht mehr so viel Geld für unnützes Zeug wie Schallplatten aus. Woraus folgt, daß Plattenfirmen es sich nicht mehr leisten können, mit unsicheren Kandidaten herumzuexperimentieren."

„Platten sind nicht unnütz", sagte Gary. „Und eine Plattenfirma experimentiert nicht herum. Sie bezahlt eine Gruppe, um ein Album zu produzieren. Dann wird das Album verkauft, und die Firma macht Geld damit."

„Aber die Chancen auf einen Vertrag sind gering", drängte seine Mutter weiter. „Wie kommst du auf die Idee, daß eine Plattenfirma es sich leisten kann, Hunderttausende von Dollars ohne jede Sicherheit wegzugeben, damit sich euer Album auch verkauft? Besonders bei einem Album von so jungen und unerfahrenen Musikern, wie ihr es seid!" Mrs. Specters Stimme wurde langsam schrill, und Gary merkte, daß sie sich immer mehr aufregte. „Siehst du denn nicht ein, daß euch immer nur dasselbe wie gestern abend passiert, wenn ihr mit der Musik weitermacht? Die Leute werden euch übers Ohr hauen, ihr landet in Sackgassen und werdet alle möglichen Enttäuschungen erleben!"

Gary schaute Susan und Karl an, er fragte sich, wieviel sie von all dem glaubten. Keiner sagte ein Wort.

„Mehr habe ich dazu nicht zu sagen", sagte Mrs. Specter endlich. Sie stand auf und räumte ein paar leere Teller zusammen. „Ich weiß genau, was ihr denkt. Für euch bin ich der böse Miesmacher, der ständig an allem herummäkelt und nörgelt. Aber es ist nur zu eurem Besten. Ihr seid noch so jung, vor euch liegen noch so viele Möglichkeiten. Wenn ich nur daran denke, daß ihr in eurem Alter einen so schwerwiegenden Fehler begeht! Es bricht mir das Herz, wirklich. Vielleicht blickt ihr eines Tages zurück und seid froh, daß wenigstens einer in der Familie sich um euch Sorgen gemacht hat. Ich hoffe nur, daß es nicht zu spät ist, wenn dieser Tag einmal kommt!"

Sie nahm die Teller und ging damit in die Küche. Susan und Karl schauten Gary an.

„Wie lange ist das schon so gegangen?" fragte Gary.

„Noch nicht sehr lange", sagte Susan.

„Es geht doch nichts über einen Tritt, wenn du schon am Boden liegst", sagte Gary.

„Vielleicht hat sie mit manchem, das sie gesagt hat, gar nicht so unrecht", meinte Karl.

Gary fühlte, wie eine Wut in ihm hochstieg. Er war nicht auf Karl oder seine Mutter wütend. Er war wütend, weil sie vielleicht recht hatte.

Etwas später saßen Gary und Karl auf dem Fußboden in Garys Zimmer inmitten von Gitarren und Verstärkern, Garys Anlage und der Plattensammlung, diversem Kram wie Mikroständer, alten Kassettenrecordern und Eric Clapton als lebensgroßem Pappausschnitt, den Gary im Hinterhof eines Plattengeschäfts gefunden hatte. Relikte aus vergangener Zeit, dachte Gary bitter.

Ein Stück von ihm weg saß Karl in seiner üblichen Stellung am Abzug der Klimaanlage und blies den Rauch hinein. Er hustete heiser. Gary hatte ihn nie so viel rauchen gesehen, seit er von zu Hause weg war. Langsam sah er richtig krank aus, seine Finger waren ganz gelb vom Nikotin, und dann dieser häßliche Husten. Jetzt blickte er zu Gary hoch.

„Wie wär's, schreiben wir 'nen Song?"

Gary schüttelte den Kopf.

„Na komm schon, ich hab da was Gutes drauf", sagte Karl. Er begann einen Rhythmus mit den Händen zu klatschen.

Gary schüttelte den Kopf. „Wie kannst du jetzt nur daran denken, einen Song zu schreiben!"

„Warum nicht?" fragte Karl. „Was sollen wir denn sonst die ganze Nacht anfangen?"

Gary zuckte die Schultern. Vielleicht war das gar nicht so dumm.

„Hör mal", sagte Karl und klatschte wieder mit den Händen.

„He goes to school and sits in classes all day.
Don't raise his hand, he got nothin' to say.
He wants to split, but the time ain't right.
Oh what a drag, no relief in sight."

So erschöpft Gary auch war, er mußte zugeben, daß das nicht schlecht klang. Er nahm einen Notizblock zur Hand und kritzelte eine weitere Strophe aufs Papier.

Nach ein paar Minuten blickte er auf. „Wie findest du das?"

„Got to get out, got to get away.
Don't need these hassles every day.
Must be a place where a kid has rights.
Oh what a drag, no relief in sight."

Karl nickte. In den nächsten paar Stunden schrieben sie den Rest des Liedes.

„He can't stay home 'cause his parents fight.
Eats in McDonald's every night.
He'd like to move out, but he ain't got the might.
Oh what a drag, no relief in sight.

Got to get out, got to move away.
There must be a place where a kid can stay.
He'd pay the money if the price was right.
Oh what a drag, no relief in sight.

His girlfriend works after school.
But he can't hang out 'cause the boss ain't cool.
And her folks won't let her out a night.
Oh what a drag, no relief in sight.

Got to get out, got to hide away.
They need a place where they can play.
They want the stars but they don't need the light.
Oh what a drag, no relief in sight.

He's too young to drive but he's too old to bike,
And cops say, ‚Son, you can't hitchhike.'
He can't turn left and he can't turn right.
Oh what a drag, no relief in sight.

Got to get out got to ride away.
He'll go anywhere in the U.S. of A.
Just say the word, he's ready to go tonight.
Oh what a drag, no relief in sight."

Etwa um Mitternacht hatten sie den Song im Kasten, und Karl ging schlafen. Gary aber blieb noch wach, er saß im Dunkeln auf dem Bett. Er konnte Karls Silhouette erkennen, der auf der Matratze lag, die er als Bett benutzte. Gary sah auf die Blätter Papier, auf die sie den Song geschrieben hatten. Obwohl er sie in der Hand hielt, erkannte er sie kaum. Warum, so fragte er sich, hatten sie ihn geschrieben? Glaubten sie noch immer an eine Möglichkeit, ihn eines

Tages aufzunehmen?

Seine Augen glitten hinüber zu den schwarzen Umrissen des Vierspur-Tonbandgeräts und des Mischpults. Hatte er sich etwas vorgemacht, als er das Zeug gekauft hatte?

Hatte er sich etwas vorgemacht, als er glaubte, es mit Rockmusik zu etwas zu bringen? Klar, er hatte immer gewußt, daß es hart werden würde. Klar, er wußte auch, daß es die meisten jungen Rockmusiker nie schafften. Aber er hatte sich immer eingeredet, daß er die Ausnahme war. Daß er der eine unter zehntausend wäre, der es schaffte. Er hatte nie wirklich geglaubt, daß er es nicht schaffen könnte, oder? Nein. Er hatte immer zugehört, wenn sie sagten, daß es fast unmöglich sei, es zu schaffen, aber er hatte nie wirklich geglaubt, daß sie dabei auch ihn gemeint hatten.

26

Es war Erntedankfest, und Gary saß allein in seinem Zimmer und schaute aus dem Fenster. Auf der anderen Straßenseite konnte er den leeren Spielplatz sehen. Keiner spielte dort. Es war zu kalt, und überall traf man die letzten Vorbereitungen für das Truthahnessen. Der Wind blies welke braune Blätter über den Asphalt des Basketball-Platzes und ließ die verschlissenen Basketball-Netze flattern. Auf einer Bank nahe am Zaun saß, mit dem Rücken zu Gary, eine einsame Gestalt vornübergebeugt. Es war Karl.

Gary wußte, daß er allein sein wollte. Alle wollten sie jetzt allein sein. Keiner sprach viel von der Band. Es war, als wären sie in einer Sackgasse angelangt. Es gab keine Gigs mehr in den kleinen Clubs, und Gary bezweifelte, daß Oscar sie überhaupt noch gespielt hätte. Sie hatten keinen Manager mehr. Gary war sicher, daß keiner von ihnen jemals wieder etwas von Barney Star hören oder sehen wollte, so lange sie lebten.

Drüben auf dem Spielplatz stand Karl auf. Er wischte sich die Nase an seinem Jackenärmel und ging langsam zum Haus zurück. Er tat Gary richtig leid. Mehr als jeder andere hatte Karl an Barney Star geglaubt. Irgendwie mußte er auch an ihn glauben, denn hätte Barney Star versagt, dann hätte er wieder zu seiner Mutter gehen und sich ein Leben lang ihr Ich-hab's-dir-Gesagt anhören müssen.

Kurz darauf hörte Gary Schritte im Flur. Die Tür ging langsam auf, und Karl kam herein. Er sah Gary mit geröteten Augen an.

„Wird wohl langsam Zeit, nach Hause zu gehen", sagte er. „Ich kann meine Alte ja nicht allein ihren tiefgefrorenen Fernsehtruthahn essen lassen." Er fing an, seine Sachen einzusammeln. „Finde ich echt toll, daß du und deine Leute mich hier habt wohnen lassen."

„Ach, laß doch, Karl", sagte Gary.

„Willst du wissen, was mich umbringt?" rief Karl. „Star muß uns vom ersten Tag an gelinkt haben. Denn was hat er wohl in dem Empfangszimmer von Multigram Records gemacht? Er hat doch nur auf so'n paar Naivlinge wie uns gewartet."

„Vielleicht hat Star uns gelinkt", meinte Gary. „Aber dann hat er sich auch selber gelinkt. Mit dem ganzen Traum vom Showbiz. Ist schon irgendwie lustig, wenn du dir das mal überlegst. Es ist, als hätten wir einander verdient. Der Kleiderverkäufer, der dachte, er könnte die Managerkanone werden, und die Highschool-Band, die dachte, sie könnten Stars werden!"

„Glaubst du, das stimmt, Gary?" fragte Karl. „Daß es unmöglich ist, es mit Musik zu schaffen? Wenn du mal richtig drüber nachdenkst, ist es doch ganz schön verrückt. Auch wenn du einen Vertrag bekommst, heißt das noch gar nichts. Sieh dir die Zoomies an."

„Ich weiß", sagte Gary.

„Und weißt du, was ich gemerkt habe?" sagte Karl. „Du glotzt fern und siehst diese Rockvideos. Jeden Monat glaubst du, es gibt zwanzig neue Gruppen. Aber nach einem Jahr sind neunzehn davon in der Versenkung verschwunden."

Gary nickte. In den alten Zeiten hätte er darauf geantwortet, daß sie die eine Band unter zwanzig wären, die es nach einem Jahr immer noch gäbe. Aber nun war er sich da nicht mehr so sicher.

27

An der Lenox-Schule stand die Abschlußprüfung bevor, und Karl und Oscar saßen plötzlich über ihren Büchern. Susan schrieb Colleges wegen Studienplänen an und dachte wieder laut über ihre Eignungstests nach. Der Fulltimejob in der Eisdiele hatte sie zu der Überzeugung gebracht, daß eine höhere Ausbildung doch auch ihr Gutes hatte, wenn es mit der Band nicht weiterging.

Gary wußte noch immer nicht, was er tun sollte. Die anderen verfolgten Alternativen, trafen Vorbereitungen für den Fall, daß es mit der Band nichts mehr wurde. Gary jedoch hatte keine Vorstellung, was seine Alternativen sein könnten. So lange Zeit hatte es „die Band oder gar nichts" für ihn geheißen. Vielleicht konnte er wie Johnny Fantasy Sessionmusik machen, als angemieteter Musiker die Musik anderer Leuten spielen. Vieleicht konnte er ins Werbegeschäft einsteigen oder auf Hochzeiten spielen. Es klang alles nicht sehr berauschend, aber was war, wenn er keine andere Wahl hatte?

Fürs erste beschloß er, falls ihn jemand nach seinen beruflichen Plänen fragen sollte, zu antworten, er sei Schülerlotsenlehrling. Er verbrachte nun wirklich genügend Zeit damit, vor Allisons Schule herumzuhängen, um die Prüfung auch zu bestehen.

Einmal, nachdem er sie wieder zur Ballettschule begleitet hatte, es war ein schneidend kalter Tag, ging er heimwärts. Es war so kalt, daß er fast rannte, als er an die Straße mit den leeren Grundstücken kam. Als er an einem davon vorbeilief, hörte er Lärm hinter einer großen Schutthalde hervordringen. Es klang wie Gerempel oder eine Schlägerei. Gary konnte höhnisches Rufen und Drohungen unterscheiden. Eine der Stimmen hörte sich wie Thomas' Stimme an.

Schnell ging Gary in das Grundstück hinein. „Na los, du Schlaffi", sagte eine Stimme, „jetzt zeig mal, was du wirklich bringst!" Das Geräusch eines Kampfes folgte. Gary lief um den Müllberg gerade rechtzeitig herum, um zu sehen, wie drei Jungen auf einen kleineren eindroschen. In der Eiseskälte des Nachmittags versuchten sie, ihm die Lederjacke herunterzureißen. Der kleinere Junge versuchte zurückzuschlagen, war aber nicht kräftig genug. Es war wirklich Thomas. Irgendwie hatte Gary immer gewußt, daß Thomas sich einmal in eine solche Situation bringen würde.

„He, loslassen!" brüllte Gary. Er hob ein langes rostiges Eisenrohr von dem Dreckhaufen auf.

Die drei Jungen hielten inne. Inzwischen hatten sie Thomas die Jacke heruntergezogen.

„Laßt ihn in Ruhe!" schrie Gary und kam näher, das Eisenrohr in der Hand. Das letzte, was er wollte, war, das

Rohr zu benutzen. Aber wenn es um seinen kleinen Bruder ging, würde er es tun.

Die Jungen ließen von Thomas ab, und der rannte schnell zu Gary hinüber. Er sah, daß sein kleiner Bruder weinte. Die andern rannten lachend mit Thomas' Lederjacke von dem Grundstück.

Gary ließ das Eisenrohr fallen. Thomas stand in Hemdsärmeln da, den Rücken zu ihm gewandt, er schluchzte und wischte sich die Tränen von den Augen; er wollte nicht, daß sein Bruder sein Gesicht sah. Gary zog seine Jacke aus und legte sie Thomas um die Schultern. „Na komm, Killer", sagte er, „gehn wir!"

Zu Hause angekommen, ging Gary vor, um zu sehen, ob die Luft rein war. Thomas' Gesicht war zerkratzt. Seine Jeans waren zerrissen und verdreckt. Er wollte nicht, daß seine Eltern ihn so sahen. Gary ging zurück zur Haustür und sagte ihm, er solle schnell nach oben ins Bad gehen und sich waschen. Dann ging er ins Zimmer seines Bruders und holte ihm frische Sachen.

Gary war schon lange nicht mehr im Zimmer seines Bruders gewesen. Es hatte sich einiges hier verändert. Die alten Plastikpanzer und Jagdflugzeuge waren verschwunden, statt dessen hingen jetzt Poster von Rockgruppen an den Wänden. Die Bands auf den Postern waren lauter Heavy-Metal-Gruppen, die immer in schwarzen, silberbeschlagenen Lederjacken und schweren Stiefeln daherkamen. Gary mußte heimlich lachen.

Er hörte die Tür aufgehen, und Thomas schlich herein mit einem Handtuch um die Hüften und seinen schmutzigen Sachen unter dem Arm.

„Was machst du denn hier?" fragte er.

„Ich sehe mir deine Poster an", sagte Gary. Er sah, daß Thomas' Gesicht ganz schön zerschunden war. „Hast du dir schon überlegt, was du Mam und Dad sagst, wenn sie dich fragen, wo du diese Kratzer her hast?"

„Weiß nicht", sagte Thomas, während er ein Paar saubere Jeans anzog.

„Kannst ihnen ja sagen, du wärst im Park auf einen Baum geklettert und ausgerutscht und die Zweige wären dir ins Gesicht geschlagen", schlug Gary vor.

„Das machen doch bloß Kinder", sagte Thomas wegwerfend.

„Ob du's glaubst oder nicht, sie denken immer noch, du seist eins", sagte Gary.

Thomas zuckte die Schultern. Gary spürte, daß er allein sein wollte. Er ging zur Tür.

„Du Gary", sagte Thomas.

Gary hielt inne. „Ja?"

„Und du erzählst niemandem, wie's wirklich passiert ist, ja?"

„Nein, natürlich nicht."

Thomas lächelte ein wenig. „Danke."

Gary ging hinunter, um sich heiße Schokolade zu machen. Seine Mutter war in der Küche.

„Oh, Gary, da waren heute einige Anrufe für dich", sagte sie.

„Von wem?" fragte er.

„Ich habe die Namen und Telefonnummern aufgeschrieben. Der Zettel liegt beim Telefon."

Gary runzelte die Stirn und ging schnell zum Telefon. Er erwartete keine Anrufe außer von Allison. Er nahm den Zettel. Der erste Name war *Boudini* Delikatessen, der zweite das *Lewd*, der dritte *Fortunado* Blumen. Alle drei wollten dasselbe. So schnell wie möglich zurückrufen.

Gary wählte die Nummer des Blumengeschäftes. Eine

weibliche Stimme war dran, und Gary erklärte, wer er war. Die weibliche Stimme bat ihn, einen Moment zu warten. Bald meldete sich eine heisere männliche Stimme.

„Gary Specter?"

„Ja?"

„Ist Ihnen eine Lieferung bekannt, die wir vor ein paar Wochen für einen Club namens *Lewd* gemacht haben? Sieht aus, als wär's 'ne Party oder so was gewesen."

„Stimmt, war 'ne PR-Show", sagte Gary.

„Nun, wir haben hier eine Rechnung über vierhundertachtundfünfzig Dollar für Blumen. Würden Sie das bitte bezahlen?"

„Aber unser Manager sollte sich doch darum kümmern", sagte Gary.

„Meinen Sie einen Typen namens Barney Star?" fragte die heisere Stimme.

„Mh, ja."

„Er hat mit einer Kreditkarte bezahlt", sagte die Stimme. „Hat sich rausgestellt, daß die Karte 'ne Lusche war. Wenn Sie wissen, wo der Kerl zu finden ist, wäre Ihnen die Kreditfirma für einen Hinweis sehr dankbar."

„Woher haben Sie meinen Namen und meine Telefonnummer?" fragte Gary.

„Steht hier auf der Rechnung", sagte die Stimme. „Ihr Kumpel Mr. Star muß sie draufgeschrieben haben."

„Aber warum muß ich die Rechnung bezahlen?" fragte Gary.

„Ihr Manager, Ihre Party, Ihre Blumen."

„Aber er ist nicht mehr unser Manager", rief Gary. „Er war es eigentlich nie richtig!"

„Jetzt hören Sie mal zu", sagte die Stimme und wurde hart. „Es ist mir ziemlich egal, wer die Rechnung bezahlt, solange sie bezahlt wird, ist das klar? Das macht für mich keinen

Unterschied, ob Sie sie bezahlen, Ihr Manager oder Ihr verschollener Onkel in Alaska. Der einzige Unterschied ist, ich hab keine Telefonnummer von Ihrem Manager oder Ihrem verschollenen Onkel. Aber ich hab Ihre. Sagt Ihnen das was?"

Es sagte Gary etwas. Entweder er bezahlte die Rechnung, oder wer weiß, zu was der Mensch imstande war.

Nachdem er aufgehängt hatte, rief er das Delikatessengeschäft und im *Lewd* an. Überall die gleiche Geschichte. Die Rechnungen unbezahlt, keine Spur von Mr. Star und Garys Name und Telefonnummer auf der Rechnung.

Barney Star hatte nicht nur total versagt, er hatte auch noch etwas hinterlassen: offene Rechnungen für fast dreitausend Dollar.

Gary legte den Hörer auf. Zum ersten Mal seit Tagen spürte er noch etwas anderes als hoffnungslose Niedergeschlagenheit. Insbesondere war ihm sehr danach, einen kaltblütigen Mord an Barney Star zu begehen. Wie konnte der Typ das tun, ohne ihnen etwas davon zu sagen? Warum hatte er so etwas getan?

Gary konnte es nicht fassen. Er mußte mit den anderen reden. Er rief Karl an.

„Wie geht's mit deiner Mutter?" fragte er.

„Ach, ganz gut. Wir hatten ein paar lange Gespräche über alles, was passiert ist, und jetzt ist sie nicht mehr so sauer. Aber sie ist immer noch etwas empfindlich in dieser Sache."

„Hast du ihr das mit der PR-Show gesagt?" fragte Gary.

„Ja. Ich glaube, sie war ein bißchen schadenfroh, weil wir unsere Lektion bekommen haben."

Na warte, dachte Gary. Dann sagte er: „Hör mal, du hast doch noch die Karte von Barney Star? Die mit seiner Telefonnummer drauf?"

„Ja, aber die kannst du vergessen, Gary", sagte der Drummer.

„Was meinst du damit?"

„Na, vor ein paar Tagen wollte ich ihn anrufen", erklärte Karl. „Ich wollte ihn einfach mal fragen, warum wohl kein Mensch bei der PR-Show aufgetaucht ist. Aber sein Telefon war abgestellt."

„Warum hast du mir denn nichts davon gesagt?" fragte Gary.

„Ich dachte, es wäre nicht mehr wichtig", meinte Karl. „Wir wollten ihn ja sowieso nicht mehr als Manager behalten. Wozu wolltest du denn noch die Nummer?"

Gary erzählte ihm von den unbezahlten Rechnungen.

„Au weia", sagte Karl. „Klingt, als säßen wir ziemlich in der Scheiße."

„Tu mir einen Gefallen", sagte Gary. „Ruf Oscar an und sag ihm, wir müßten uns morgen nach der Schule in der Eisdiele treffen. Okay?"

„Aye aye, Käpt'n."

28

Zum ersten Mal seit Wochen spürte Gary so etwas wie Entschlossenheit, auch wenn diese Entschlossenheit nur darin bestand, Wege zu finden, um Barney Stars Schulden abzuzahlen. Nach dem Abendessen zog Gary seine Lederjacke an und ging wieder hinaus in die eisige Kälte. Sein Ziel war Allisons Haus.

Der Portier ließ ihn nicht hochfahren, ohne zuvor in Allisons Wohnung angerufen zu haben. Als er den Fahrstuhl auf ihrem Stock verließ, wartete sie schon im Vorraum.

„Was ist los, Gary?"

Er berichtete ihr von den unbezahlten Rechnungen.

„Wie meine Großmutter immer gesagt hat – Wenn's regnet, dann schüttet's", sagte Allison und nahm seine Hand.

„Wohin gehen wir?" fragte er.

„In die Höhle des Löwen, zu meinem Vater."

Gary zögerte.

„Na los, komm schon, er beißt nicht!" Allison zerrte ihn an der Hand hinter sich her.

Gary ließ sich widerstrebend durch den Flur und ins Zimmer von Mr. Ollquist führen. Der saß am Schreibtisch, studierte einige Papiere und machte sich auf gelbem Anwaltspapier Notizen. Die Wände im Zimmer waren voller Regale, die mit Büchern angefüllt waren, aber auf einem Brett stand ein Farbfernseher, in dem ein Fußballspiel lief, allerdings ohne Ton. Mr. Ollquist trug eine Krawatte, hatte sie aber gelockert, und sein Jackett hing über der Stuhllehne. Die Ärmel hatte er hochgekrempelt.

„Dad?" sagte Allison.

Mr. Ollquist blickte auf. „Hallo, Gary!" Er stand auf und unterzog Garys Hand einer neuerlichen Quetschung. Gary war klar, daß er irgendeinen Weg finden mußte, diesen Händedruck zu vermeiden, wenn er Allison weiter sehen wollte.

„Kannst du Gary in einer Rechtsangelegenheit weiterhelfen?" fragte Allison ihren Vater.

Mr. Ollquist schaute überrascht, sagte aber: „Natürlich. Wenn ich eine Antwort weiß. Aber setzt euch doch." Er deutete auf zwei Stühle vor dem Schreibtisch. Gary rückte sie etwas näher heran, dann setzten sie sich.

In wenigen Minuten hatte Gary die ganze Geschichte erzählt. Zum Schluß sagte er: „Was wir erst einmal wissen müssen: sind wir für diese Rechnungen verantwortlich?"

Mr. Ollquist preßte die Lippen aufeinander und klopfte mit dem Bleistift auf den Papierblock. „Du sagst, ihr habt euch darauf eingelassen, daß dieser Star euch vertritt und daß deine Band alle Dienste in Anspruch genommen hat, für die ihr jetzt die Rechnungen bekommt."

„Mehr oder weniger", sagte Gary.

Mr. Ollquist nickte langsam. „Ich fürchte, ihr seid aller Wahrscheinlichkeit nach dafür verantwortlich. Ihr könntet es auf einen Prozeß ankommen lassen, aber um ehrlich zu sein, würde euch der Anwalt mehr kosten als alle Rechnungen zusammen."

„Gibt es denn überhaupt nichts, was Gary tun kann?" fragte Allison.

„Nun, eure einzige Hoffnung besteht darin, diesen Barney Star zu finden", sagte Mr. Ollquist. „Aber nach allem, was du mir gesagt hast, bezweifle ich, daß Mr. Star gefunden werden will."

Gary und Allison sahen einander an.

„Wenn du willst", meinte Allisons Vater, „dann rede ich mit diesen Leuten. Vielleicht kommt dabei wenigstens ein Abzahlungsmodus heraus, so daß sie euch nicht alle auf einmal auf den Zehen stehen."

„Vielen Dank, Mr. Ollquist", sagte Gary. „Am besten berede ich die ganze Sache erst einmal mit den anderen und sage Ihnen dann Bescheid. Sie haben uns sehr geholfen."

Es gab nun nicht mehr viel zu sagen, und so standen Gary und Allison auf und gingen zur Tür. Da räusperte sich Mr. Ollquist.

„Sag mal, wird das ein schwerer Schlag für deine Musikerkarriere sein?"

„Um die Wahrheit zu sagen, Mr. Ollquist, die Band ist ganz schön am Abschrammen", antwortete Gary.

„Durch diesen einen Vorfall werdet ihr euch aber nicht den Wind aus den Segeln nehmen lassen, oder?" fragte Allisons Vater.

„Es ist eben nicht nur dieser eine Vorfall", sagte Gary. „Es sind eine Menge Vorfälle, eine Menge Frustrationen und eine Menge Wände, gegen die man rennt, ohne daß sich etwas bewegt."

Mr. Ollquist machte eine Faust. „Immer dran denken, Gary: durchhalten!" Dann zwinkerte er ihm zu.

Gary lächelte. Der Typ war eigentlich gar nicht so übel.

Gary hielt bis zum Nachmittag des folgenden Tages durch, als die Band sich in der Eisdiele traf. Es war wieder eiskalt, und das Geschäft ging nicht gerade blendend. Die Band saß um einen der Marmortische herum. Ausnahmsweise wollte niemand ein Eis. Nachdem Gary ihnen von den Rechnungen erzählt hatte, war keinem mehr danach.

„Wir müssen nicht bezahlen", beharrte Oscar. „Barney Star hat die PR-Show arrangiert. Sollen sie ihn doch suchen."

Gary blickte die anderen am Tisch an. Sie waren in letzter Zeit so oft dagewesen, daß Susan ein kleines *Reserviert*-Schild aufgestellt hatte.

„Den finden die doch nie", sagte er. „Vorhin war ich bei Murray Weinburger, dieser Alte, der uns die Kostüme gemacht hat, wißt ihr noch? Die Kostüme kosten achthundert Dollar, und Barney hat auch ihn gelinkt."

„Will er, daß wir bezahlen?" fragte Susan.

Gary schüttelte den Kopf. „Der ist in Ordnung. Er meinte, er wolle es uns nicht noch schwerer machen, als wir es schon haben. Aber er hat auch gesagt, daß Barney im Grund in Ordnung sei."

„Aber klar doch", lachte Oscar.

„Nein, mir leuchtet das jetzt ein", entgegnete Gary. „Barney hat's wirklich versucht. Er hatte einfach keine Ahnung. Murray hat mir erzählt, daß ein paar Bands echt Schlitten mit ihm gefahren sind, haben ihn teure Anlagen und Instrumente kaufen lassen und sind dann bei den Gigs nicht aufgetaucht und so. Barney ging pleite. Wir waren seine letzte Chance. Er glaubte, wenn er uns einen Plattenvertrag beschaffen könnte, dann könnte er seine Schulden mit seinem Vorschußanteil abstottern. Er hat's gewagt und verloren."

„Und die ganzen Storys von den andern Bands, denen er drei Plattenverträge beschafft hat, und den Pressekonferenzen und heimlichen Aufnahmesessions..., das war alles gelogen", sagte Karl.

„Er wollte eben, daß wir an ihn glauben", meinte Gary.

„Wenn er uns nur die Wahrheit gesagt hätte", sagte Susan.

„Konnte er nicht", wandte Gary ein. „Wir hätten ihn nie im Leben für uns arbeiten lassen. Ich will damit nicht sagen, daß er uns zu Recht angelogen hat. Aber ich kann verstehen, warum er's getan hat. Es war einfach sein Traum. Das ganze Musikgeschäft ist auf Träumen aufgebaut. Nur werden die meisten nicht wahr."

„Nur Alpträume wie unserer werden wahr", seufzte Karl. „Wo sollen wir bloß die dreitausend Mäuse hernehmen?"

„Wir müssen keinen einzigen Cent hernehmen", beharrte Oscar.

„Doch, Oscar", sagte Gary. „Ich hab gestern mit Allisons Vater darüber gesprochen; rechtlich sind wir dazu verpflichtet."

„Ich fühle mich zu überhaupt nichts verpflichtet", schnauzte Oscar. „Schon gar nicht wegen einer Show, die sich als totaler Witz herausgestellt hat."

Gary starrte den Keyboarder an; Wut stieg in ihm hoch.

„Mensch, Oscar, siehst du denn nicht, daß die Lage jetzt schon schlimm genug ist und wir nicht noch Leute wie dich brauchen, die alles bloß noch schlimmer machen?" rief er. „Warum mußt du immer so beknackt reagieren?"

„Weil das nicht mein Problem ist", knurrte Oscar. „Ich bin Musiker, kein Rechtsanwalt."

„Ich will dir mal was sagen, Oscar. Wenn wir diese Rechnungen nicht bezahlen, dann ist das sehr schlecht für unsern Ruf. Diese Clubbesitzer haben doch alle Kontakt untereinander. Wenn das die Runde macht, daß wir das *Lewd* geplombt haben, kriegen wir nirgends mehr Gigs."

„Ich dachte, wir würden in solchen Clubs keine Gigs mehr machen", sagte Oscar.

„Also, ich kann mir nicht vorstellen, wie wir sonst das ganze Geld zurückzahlen sollen", erwiderte Gary.

Oscar stand auf. „Vergiß es. Ich setze keinen Fuß mehr in diese Clubs. Ist mir doch egal, wem wir Geld schulden. Das ist nicht mein Problem." Er zog seinen Mantel an. „Echt, ich habe nicht die Absicht, irgend jemand irgendwas zu löhnen!"

Er ging zur Tür. Karl wollte etwas sagen, aber Gary unterbrach ihn. Er war so wütend auf Oscar, daß er bereit war, ihn gehen zu lassen.

Als keiner ihn zurückhielt, blieb Oscar an der Tür stehen und schaute sie an. „Dann könnt ihr euch gleich 'nen neuen Keyboarder suchen", sagte er. „Das kratzt mich doch nicht."

Er machte noch einen Schritt und drehte sich wieder um. „Ganz recht, ich steige aus. Habt ihr das kapiert? Ich steige aus!"

Als keiner antwortete, ging er ein Stück weiter. „Ihr könnt euch auch einen suchen, der euch die Stücke schreibt", rief er.

Gary spürte, wie Susan und Karl ihn nervös ansahen.

Wollte er Oscar nicht zum Bleiben bewegen, wie er es früher immer getan hatte? Nein, er hatte die Schnauze gestrichen voll. Statt dessen sagte er das erste, was ihm in den Sinn kam. „Hab ich schon."

Oscar und die andern starrten ihn an.

„Ich hab das schon kommen sehen", sagte Gary. „Und gestern hab ich mich mit Charlie getroffen. Erinnert ihr euch an den Typen, der uns immer bei unseren Gigs angemacht hat? Der würde echt gern bei uns mitspielen. Und an den Keyboards ist er auch nicht schlecht." Gary blickte Karl an. „Stimmt's, Karl?"

„Ja, stimmt", nickte Karl. „Ist'n verdammt guter Keyboarder."

„Und gute Songs hat er auch drauf", fügte Gary hinzu.

Oscar warf ihnen einen tödlichen Blick zu, packte die Tür und warf sie hinter sich zu.

Stille breitete sich in der Eisdiele aus. Das lauteste Geräusch war ein tropfender Wasserhahn hinter der Theke. Susan und Karl schauten Gary an.

„Tut mir leid", sagte er ruhig. „Ich hatte seine Drohungen und Wutanfälle einfach satt."

„Aber Charlie spielt nicht mal Keyboards", sagte Karl. „Er ist Gitarrist."

„Ich weiß", sagte Gary. „Tut mir echt leid. Das war keine besondere Idee. Aber einer mußte ihm mal sagen, daß er keine Gabe Gottes für den Rock ist, so gut er auch sein mag."

„Ich bin jedenfalls froh, daß du's getan hast", meinte Susan. „Wurde langsam Zeit, daß ihn jemand zurechtgerückt hat."

„Aber wie sollen wir jetzt spielen?" fragte Karl.

„Wir schaffen's schon irgendwie. Vielleicht kriegen wir irgendwo einen anderen Keyboarder her", sagte Gary.

„Es gibt immer welche, die bei 'ner Band mitmachen wollen. Auf der letzten Seite der *Voice* stehen ständig Anzeigen."

„Mutter Roesch wird uns das nie verzeihen", meinte Karl.

„Ich weiß nicht", sagte Gary. „Du könntest den Song genauso gut wie Oscar bringen."

Karl schüttelte den Kopf. „Vergiß es. Kannst du dir das vorstellen – ich daumenlutschend und mit diesem dämlichen Schnuller im Schlepp vor zum Bühnenrand? Das schmink dir besser ab."

Susan gab Gary einen Stups. „Jetzt führt er sich schon genau wie Oscar auf."

Gary lehnte sich zurück und wippte auf seinem Stuhl. Er wußte nicht warum, aber auf einmal fühlte er sich erleichtert, als ob eine große Last von seinen Schultern genommen worden sei.

„Wißt ihr was?" sagte er. „Natürlich brauchen wir einen Plattenvertrag und müssen größer und bekannter werden. Aber das muß nicht schon diesen Monat passieren, auch nicht in einem Jahr. Und wir müssen auch nicht die kleinen Clubs aufgeben. Dort haben wir schließlich angefangen. Dort haben uns unsre ersten Fans gesehen. Und ich spiele da immer noch unheimlich gern. Ich mag es, wenn ich dicht am Publikum bin und die Hälfte der Leute mit Namen kenne. Ich glaube, es ist nicht richtig, wenn wir plötzlich beschließen, wir sind zu gut, um in diesen Schuppen zu spielen. Dort haben wir angefangen. Und wenn wir jemals in diesem Geschäft weiterkommen, dann haben wir denen ganz schön viel zu verdanken."

Er sah Karl und Susan an. „Ich glaube, wir sind einfach deswegen so schlecht drauf, weil wir nicht mehr gespielt haben. Und das ist ein weiterer Grund, wieder in die kleinen Clubs zu gehen. Wir bemühen uns weiter um einen Vertrag und ein Konzert im *DeLux* und um den Durchbruch. Aber in der Zwischenzeit machen wir weiter Gigs. Was meint ihr?"

Karl und Susan nickten.

„Und was wird mit dem Geld?" fragte Karl.

„Allisons Vater will so einen Rückzahlmodus aufstellen. Vielleicht zahlen wir dann zwanzig Eier in der Woche oder so ab. Inzwischen arrangiere ich alle unsre Gigs, und wir besorgen uns einen, der die Karre fährt."

Gary machte eine Pause und musterte sie. „Wißt ihr", fuhr er fort, „ich weiß, wir haben ein paar ziemlich schlechte Erfahrungen gemacht, aber wir haben auch daraus gelernt. Das nächste Mal erkundigen wir uns über unseren Manager, bevor wir ihn oder sie etwas für uns tun lassen. Und sollten wir je noch mal eine PR-Show kriegen, stellen wir vorher klar, wer das Ganze bezahlt. Das ist eigentlich ganz einfach. Die Frage ist jetzt, wollt ihr's noch mal versuchen? Wollt ihr weitermachen?"

„Ich mache weiter", sagte Karl. „Ich hab nie so recht verstanden, was so schlimm dran war, in den kleinen Clubs zu spielen."

„Ich auch", sagte Susan. „Wenn ich schon die ganze Woche Eis verkaufe, dann will ich wenigstens am Wochenende Spaß haben."

In dem Moment wurde die Eingangstür aufgerissen, und Oscar kam mit wehendem Mantel hereingestürmt."

„Was glaubst du wohl, wer du bist!" brüllte er Gary an. „Was glaubst du, wer du bist, mich ersetzen zu können! Wie kommst du auf die Idee, ich könnte so mir nichts dir nichts aus dieser Band aussteigen! Diese Band ist ebenso meine wie eure. Ihr könnt mich nicht ersetzen. Nur über meine Leiche. Das macht mir überhaupt nichts, wenn wir Gigs im Männerklo der Grand Central Station spielen. Ich steige aus dieser Band nicht aus, und ihr könnt mich nicht dazu zwingen."

Mit diesen Worten setzte Oscar sich an den Tisch und verschränkte die Arme.

Gary warf den anderen einen Blick zu. „Na gut, Oscar, wenn du darauf bestehst."

„Ich bestehe total darauf", giftete er. „Mich ersetzen wollen! Ihr habt vielleicht Nerven!"

„Wir müssen wohl noch eine Zeitlang in den alten Schuppen spielen", meinte Susan.

„Ich werd's überstehen", sagte Oscar.

„Wir müssen das *Lewd* und die andern auszahlen", sagte Karl.

„Versucht bloß nicht, mich rauszuekeln", sagte Oscar bestimmt. „Ich geh nämlich nicht. So einfach ist das."

„Was meint ihr?" fragte Gary Karl und Susan.

Aber bevor sie antworten konnten, rief Oscar dazwischen: „Jetzt hört endlich auf. Wir wissen doch alle, daß Charlie nicht mal Keyboards spielen kann!"

Gary grinste nur.

29

Sie machten sich wieder an die Arbeit. Gary als ihr Manager verhandelte mit den Clubs über Auftritte, setzte Termine fest und feilschte um das Honorar und die Länge der Auftritte. Schon bald spielten sie wieder in denselben Clubs, und Gary arbeitete doppelt so hart wie zuvor. Aber er hätte nicht glücklicher sein können. Fortschritt und Erfolg waren wichtig, aber Gary wußte, daß er niemals vergessen würde, daß der Grund, warum er Rockmusiker war, nicht die

Anhäufung von Millionen Dollar war oder sich im Fernsehen in Videoclips zu betrachten. Der Grund war vielmehr, daß er nichts lieber tat als spielen. Es steckte ihm im Blut.

Alles ging wieder seinen normalen Gang. Auch seine Mutter war wie immer.

Klong! Klong! Klong! „Gary! Telefon!"

Sie konnte ihn nicht davon abbringen, Rock zu spielen. Sie konnte ihn nicht aufs College schicken. Aber wecken konnte sie ihn immer.

Gary kam gähnend und sich streckend in die Küche. „Weißt du, wer dran ist?" fragte er seine Mutter, die am Tisch saß und ihre morgendliche Dosis Koffein zu sich nahm.

„Jemand namens Rick Jones", sagte sie.

Plötzlich war Gary hellwach. Rick Jones? Der Promotyp von Multigram? Was in aller Welt könnte der wollen? Schnell nahm Gary den Telefonhörer auf. „Hallo?"

„Gary? Hier ist Rick Jones von Multigram", sagte der Promomann. „Ich bin gestern endlich dazu gekommen, mir euer Demo anzuhören, und ich find's ziemlich gut."

„Tatsächlich?" sagte Gary. Natürlich hatte er das schon immer gewußt. Er konnte nur nicht glauben, daß Rick Jones auch dieser Meinung war.

„Paß auf, Gary", sagte Jones. „Die Vorgruppe heut abend im *DeLux* hat abgesagt, und wir haben mit den Leuten dort vereinbart, daß wir ihnen eine unserer vielversprechenden Gruppen als Ersatz schicken. Meinst du, ihr könntet das schaffen?"

„Sie meinen, spielen? Heute abend? Im *DeLux*?"

„Könnt ihr's schaffen?" fragte Jones.

„Aber ich verstehe nicht richtig", japste Gary. „Meinen Sie..."

„Brauchst du auch nicht zu verstehen", meinte Jones.

„Kümmre dich nur drum, daß die Band im *DeLux* erscheint. Okay? Ihr habt drei Stunden."

„Äh..."

„Um sieben ist Soundcheck."

Als er das Telefon aufgehängt hatte, fragte ihn seine Mutter, was los sei. Doch Gary war zu verwirrt, um antworten zu können.

„Gary, ist alles in Ordnung?" fragte seine Mutter.

„In Ordnung?" fragte Gary zurück, immer noch geschockt.

Langsam klinkte Gary wieder ein. Er mußte die anderen so schnell wie möglich erreichen. Er nahm wieder den Hörer ab.

„Gary, du hast meine Frage nicht beantwortet", sagte seine Mutter.

„Rick Jones ist ein Promomann von Multigram Records", sagte Gary, während er hastig Susans Nummer in der Eisdiele wählte. „Sie wollen uns heute abend im *DeLux* spielen hören. Das ist ein echt wichtiger Club. Jetzt geht's los, Mam!"

Seine Mutter nickte schwach. „Ich hab's versucht", sagte sie. „Ich habe getan, was ich konnte. Es ist hoffnungslos."

Die nächsten paar Stunden war totale Panik. Oscar und Karl rasten zu Gary. Susan sagte ihrem Chef, sie hätte einen plötzlichen Unfall in der Familie. Jeder machte bei den Vorbereitungen auf den Gig drei Dinge auf einmal.

Sie hatten keine Zeit, sich zu überlegen, wie das zustande gekommen war und was das alles zu bedeuten hatte. Sie waren zu sehr damit beschäftigt, Mikrokabel und Wah-wah-Pedale und tausend andere Dinge zusammenzusuchen. Karl überredete seine Mutter, einen Transporter zu mieten und ihnen dabei zu helfen, alles in den Club zu schaffen. Verständlicherweise war Mutter Roesch wenig begeistert, aber Karl überzeugte sie, daß es jetzt auf Leben und Tod ging.

Kurze Zeit später erschien sie mit dem Transporter vor Garys Haus. Als sie gerade die Verstärker und Gitarren die Treppe vor dem Haus heruntertrugen, kam Thomas aus der Schule.

„Was ist denn hier los?" fragte er.

„Wir haben um sieben Soundcheck im *DeLux*", sagte Gary, während er einen Verstärker packte und in den Transporter wuchtete.

„Wahnsinn!" sagte Thomas. Er blickte auf die Ladefläche, wo Susan damit beschäftigt war, die ganze Ausrüstung einzuräumen. „So kriegt ihr das alles nie rein!"

„Dann komm und zeig mir, wie's geht" sagte Susan.

Thomas warf einen Blick auf Gary. „Klar", sagte er, ließ seine Bücher fallen und sprang auf den Transporter. Mit seiner Hilfe brachen sie ihren alten Packrekord und waren schon unterwegs zu Oscar.

Im Nu hatte Thomas Oscars Bügelbrett und den Synthesizer verstaut. Sie quetschten sich alle in den Wagen und holperten Richtung Stadtmitte, so schnell Mrs. Roesch konnte. Gary und Oscar waren über ein Stück Papier gebeugt und versuchten, die Reihenfolge der Stücke, die sie spielen wollten, aufzustellen. Susan zog eine neue Baßsaite auf, und Karl versuchte, ein gebrochenes Fußpedal zu reparieren. Alle waren nervös, aufgeregt und hatten Muffensausen. Wie in alten Zeiten.

Am *DeLux* angekommen, parkte Mrs. Roesch den Transporter hinten am Bühneneingang. Aber bevor sie mit dem Ausladen beginnen konnten, kamen zwei Bühnenarbeiter aus der Hintertür gerannt.

„Die Coming Attractions?" fragte der eine.

„Ja", sagte Karl.

„Geht schnell rein", rief der Bühnenmann und zeigte hinter sich auf die Tür. „Die warten schon auf euch!"

„Und die Ausrüstung?" fragte Thomas.

„Laßt mal", sagte der Bühnenmensch, „das machen wir schon."

Sie starrten einander ungläubig an. Diese Spezialbehandlung konnten sie nicht fassen. Sie warteten noch einen Augenblick, bis Oscar den Bühnenleuten erklärt hatte, wie sie mit seinem Bügelbrett umgehen sollten, dann eilten sie hinein.

Es war ein riesiger, höhlenartiger Saal, viel größer als alles, worin die Band bisher gespielt hatte. Hinten auf der Bühne rannten Dutzende von Leuten durcheinander; Roadies, Tonleute, Musiker und Groupies, und bereiteten das Konzert der drei Bands vor, zu denen nun auch Gary and the Coming Attractions Plus Oscar gehörten. Die Band schaute verwundert zu. Nicht nur war der Raum enorm, sie hatten auch noch nie so viel Beleuchtung und Soundinstallationen gesehen.

Ein normal gekleideter Mann mit kurzen braunen Haaren kam auf sie zu. Er trug Jeans und einen Rollkragenpullover und hielt ein Klemmbrett in der Hand. Er schien als einziger hier gelassen zu sein.

„Ihr müßt die Coming Attractions sein", sagte er und lächelte freundlich. „Ich bin Jim Stone, der Manager des *DeLux*. Wir sind froh, daß ihr's geschafft habt."

„Wir auch", sagte Karl.

Stone wandte sich Karls Mutter zu und schüttelte ihr die Hand. „Und Sie sind wohl Mrs. Roesch."

„Bin ich", sagte Mrs. Roesch.

„Tut mir leid, daß wir so kurzfristig Bescheid gesagt haben", meinte Stone. „Aber wir haben so viel Gutes über

Ihre Band gehört, daß wir sie natürlich gern wollten, als wir die Absage für heute abend bekamen."

Mrs. Roesch lächelte. „Natürlich", sagte sie.

„Ich denke, wir gehen am besten in mein Büro und reden über die Bedingungen für den Auftritt", sagte Jim Stone. Zu der Band sagte er: „Ihr macht euch inzwischen am besten an den Soundcheck und bereitet euch auf euren Auftritt vor. Wenn ihr irgend etwas braucht, schreit einfach!"

Gary nickte, aber wegen Mrs. Roesch war er sich nicht ganz sicher. Nachdem sie und Stone gegangen waren, sagte er zu Karl: „Was ist jetzt mit deiner Mutter?"

„Keine Ahnung", gab Karl zurück. „Sie wird wohl für den Abend Managerin spielen."

„Ist sie immer noch sauer?" fragte Thomas.

„Wärst du's nicht?" fragte Karl zurück.

„Ich wünschte, wir könnten etwas tun", meinte Susan.

In dem Moment erschien Rick Jones in einer glänzenden Baseballjacke, engen Jeans und Cowboystiefeln.

„Hallo, schön, daß ihr's gepackt habt!" Er schüttelte Gary die Hand und sagte dann zu allen: „Also, ich bin Rick Jones. Ich hab euer Demo gehört und finde es sehr stark."

Keiner wußte, was er sagen sollte. Jones' Interesse hatte sich drastisch verändert, verglichen zu damals, als Gary und Karl bei ihm im Büro waren.

„Und jetzt werde ich euch was zeigen", sagte Jones. Er führte sie an eine Seite der Bühne, von wo sie durch den Vorhang hinausblicken konnten. Das *DeLux* hatte eine große, breite Tanzfläche, wo später das ganze Publikum zusammenkam. Aber zu beiden Seiten gab es auch Balkone an der Wand, und die Band konnte sehen, wie dort Tische aufgestellt wurden.

Rick Jones zeigte mit dem Finger auf den zweitobersten Balkon. „Heute abend werde ich dort oben an einem Privattisch mit ein paar wichtigen Herren von Multigram sitzen. Sie wissen noch nicht, wer ihr seid, und ihr müßt sie für euch interessieren. Je mehr, desto besser. Kapiert?"

Sie nickten.

„Gut", sagte Jones. „Und jetzt zieht eure Show ab und legt los, so gut ihr könnt, okay? Und wenn ihr fertig seid, dann kommt ihr mit eurem Manager zum Balkon hoch und trinkt einen Schluck mit uns. Wir erwarten euch, kapiert?"

Sie nickten wieder. Gary war klar, daß sich die andern fragen mußten, welcher Manager?

Rick Jones lächelte. „Okay, Leute, viel Glück!" Er ging weg, aber Gary und Karl folgten ihm.

„Einen Moment, Mr. Jones", sagte Gary.

Jones hielt an, und sie holten ihn am Bühnenrand ein. Sie waren weit genug von den anderen entfernt, so daß man sie wegen des geschäftigen Lärms auf der Bühne nicht hören konnte.

„Ich verstehe nicht ganz", sagte Gary. „Es ist doch schon Monate her, seit wir in Ihrem Büro waren!"

„Und Sie waren nicht gerade begeistert von uns", fügte Karl hinzu.

Jones zuckte nur die Schultern. „Jetzt hört mal zu, ich sehe so viele Bands pro Woche, wie hätte ich das wissen sollen? Als der Hinweis von oben kam, und damit meine ich, *von ganz oben*, hab ich eure Single ausgegraben, und sie war gut. Ich verstehe bloß nicht, warum ihr das nicht gleich gesagt habt!"

„Was gesagt?" fragte Gary.

„Wen ihr da kennt", sagte Jones und schaute ungeduldig. „Jetzt muß ich aber los. Wenn ihr 'ne Show abzieht, die so fetzt wie eure Single, dann seid ihr fein raus, okay? Bis später." Er ging schnell davon.

Karl sah Gary an. „Was hat er denn damit gemeint? Der

Hinweis kam von ganz oben?"

Gary zuckte die Schultern. „Wie ich immer sage, Karl. Die Rockfee arbeitet für Multigram."

Einige Zeit später standen sie hinter ihren Instrumenten und Mikros in Position. Es war ein richtig furchterregender Anblick, als der Vorhang hochging, fast wären sie von der Bühne gerannt. Noch nie zuvor hatten sie vor einem so großen Publikum gestanden. Hunderte von Leuten, vielleicht tausend, füllten die riesige Tanzfläche und standen die Wände entlang. Während Jim Stone die Band ankündigte, schauten Gary und die anderen einander ungläubig an.

„Jetzt weiß ich, was das groß in groß einsteigen bedeutet", murmelte Karl nervös hinter dem Schlagzeug hervor.

Gary nickte. „Uns bleibt nur eins, Leute", flüsterte er und sah nacheinander Karl, Susan und Oscar an. „Einfach spielen!"

Jim Stone verließ die Bühne, die Saalbeleuchtung ging aus, und ein halbes Dutzend Scheinwerfer richtete sich auf sie, direkt in ihre Augen. Ein lautes Gemurmel ging durch die Menge, als man sehen konnte, daß Gary in einer Zwangsjacke steckte. Aber da zählte er auch schon den ersten Song an, ihre alte Nummer *Rocktherapie*.

„I need Rock, Rock, Rock Therapy,
I need Rock, Rock, Rock Therapy.
Don't you hook up no electrodes to me.
I need Rock, Rock, Rock Therapy."

Die Band spielte hart und konzentriert. Gary haute voll rein und tanzte und raste auf der Bühne hin und her, so weit das Gitarrenkabel reichte. Ihm war, als schwitzte er doppelt so viel wie sonst – zur einen Hälfte von der Hitze auf der

Bühne, zur anderen waren es die guten alten Nerven.

Als sie so spielten, war Gary froh, daß sie wieder zusammen arbeiteten. Aber es war nicht mehr wie früher, als sie noch ein Haufen naiver Kinder mit Sternchen in den Augen waren. Sie hatten ein paar harte Lektionen gelernt, die sie nie mehr vergessen würden. In den Pausen zwischen den Songs blickte Gary in den großen dunklen Saal und fragte sich, was wohl Rick Jones und die großen Bosse von Multigram von ihnen hielten. Er wollte ihnen klarmachen, daß er wirklich dankbar war, daß sie ihm und der Band Gelegenheit gegeben hatten zu spielen. Er wollte ihnen aber auch klarmachen, daß sie auch die andere Seite des Rockgeschäfts gesehen hatten und daß das eine Sache war, die sie nie vergessen würden.

Gary beugte sich zum Mikrofon vor. „Das nächste Stück", keuchte er hinein, „ist für alle, die jemals versucht haben, im Rock was auf die Beine zu stellen!" Hinter ihm haute Oscar ein Instrumentalintro heraus. Die Band fiel ein, als Gary zu singen anfing:

> *„You call the man, but he don't call back*
> *Cause your demo's just gotten lost in the stack.*
> *You're so mad that you could lose control.*
> *Well, them's the breaks in rock and roll."*

Die anderen sangen im Chor:

> *„Well, them's the breaks in rock and roll.*
> *Yeah, them's the breaks in rock and roll.*
> *You say the business ain't got no soul?*
> *Well, them's the breaks in rock and roll."*

Jetzt war Oscar an der Reihe:

> *"You knock on doors till your knuckles are raw.*
> *You beg and beg till you get lockjaw.*
> *You can threaten, you can scream and cajole.*
> *But they won't hear you in rock and roll."*

Dann drehte Susan auf:

> *"You got your music, but nothin' to eat.*
> *You're so desperate that you play on the street.*
> *You catch pneumonia 'cause you live in a hole.*
> *But there's no welfare in rock and roll."*

Nun kam der Break. Während Gary das Solo auf seiner Stratocaster abnudelte, war er mit einem Auge beim Publikum und beobachtete, wie es reagierte. Vermutlich hatten sie nicht viel erwartet, aber die Band war entschlossen, sich tief in ihr Gedächtnis hineinzurocken.

Die nächste Strophe kam von Karl:

> *"You spend your life trying to beat the clock.*
> *You got one wish – that's to make it in rock.*
> *You love the music, but it takes its toll.*
> *Nothing comes easy in rock and roll."*

Und Gary sang die letzte:

> *"For twenty years you've made the rounds.*
> *And every day you've been shot down.*
> *Maybe twenty more before you reach your goal.*
> *But that's life in rock and roll."*

Zum Schluß sangen alle gemeinsam:

> *"It's tough, it's rough in rock and roll.*
> *They'll beat you and mistreat you in rock and roll,*
> *'cause it's the business that's got no soul*
> *It's just the breaks in rock and roll."*

Es war, als sei die Zeit im Fluge vergangen, und plötzlich war Oscar am Bühnenrand auf den Knien, das Mikrofon in den Händen, und jammerte über seine ewige Liebe zu seiner Tagesmutter.

Gary konnte es kaum glauben, daß der Gig so schnell vorübergegangen war. Er wollte bleiben und vor dieser Riesenmenge noch zwei Stunden weiterspielen, aber hinter der Bühne sah er Jim Stone stehen, der auf die Armbanduhr zeigte. Die Zeit war um, und Gary wußte, daß sie von der Bühne weg und der nächsten Gruppe Platz machen mußten, wollten sie jemals wieder ins *DeLux* eingeladen werden.

Als sie dann schließlich von der Bühne gingen, war die Menge auf den Beinen und schrie. Die Gruppe war außer Rand und Band. Es war eine tolle Show gewesen, vielleicht eine der besten, die sie je gemacht hatten. Eine Masse Leute standen hinter der Bühne, um sie zu beglückwünschen. Thomas hielt Handtücher für sie bereit, mit denen sie sich abtrocknen konnten, und auch Mrs. Roesch war froh. Minutenlang waren sie von Technikern, Bühnenarbeitern und Groupies umringt. Alle wollten wissen, wer sie waren und woher sie kamen. Dann betrat die nächste Gruppe die Bühne, und die Menge um die Coming Attractions begann sich aufzulösen.

Die Band störte das nicht. Endlich waren sie allein. Sie saßen auf ihren Boxen und Gitarrenkästen und tranken kaltes Bier und Wasser. Karl wischte sich die Stirn mit einem

Handtuch ab. „He, sieh mal!" Er gestikulierte in Richtung des hinteren Bühneneingangs. Sie sahen hin – es war Mutter Roesch, die allein an der Seite der Bühne stand, eine Zigarette rauchte und die Gruppe betrachtete, die auf die Coming Attractions gefolgt war.

Gary blickte die anderen an. „Denkt ihr auch, was ich denke?" fragte er.

Alle nickten, und zusammen standen sie auf und gingen zu Mrs. Roesch hinüber. Gary lief voraus. Wie üblich überließen sie ihm das Reden. „Mrs. Roesch?"

Karls Mutter drehte sich um. „Ja, Gary?"

Gary hantierte nervös mit dem Handtuch. „Ich glaube, wir wissen, daß wir einen Fehler gemacht haben, und verstehen, daß Sie wirklich sauer auf uns sind", sagte er. „Aber Barney Star hat uns echt das Blaue vom Himmel vorgelogen. Eigentlich sind wir ja selbst schuld, aber er hat uns echt gelinkt."

Mrs. Roesch nickte langsam.

„Das klingt jetzt vielleicht doof", fuhr Gary fort, „aber ich glaube, wir haben unsere Lektion gelernt."

„Sie waren von Anfang an dabei", sagte Susan.

„Und du hast uns nie etwas versprochen, was du nicht halten konntest", sagte Karl.

„Und jetzt möchten wir Sie gern fragen, ob Sie wohl wieder unsere Managerin sein wollen", schloß Gary.

Mrs. Roesch sah die anderen der Band an. „Seid ihr derselben Ansicht?" fragte sie.

Alle nickten heftig. Auch Oscar.

Karls Mutter war einen Moment still. Dann nahm sie einen tiefen Zug aus ihrer Zigarette und atmete lang aus. „Nun, das freut mich wirklich", sagte sie. „Aber ich fürchte, ich kann nicht."

„Warum denn nicht?" fragte Susan.

„Das will ich dir sagen, Susan", erklärte Mrs. Roesch. „Während der letzten Wochen habe ich viel nachgedacht, und mir ist etwas klargeworden. So wütend ich auch über das war, was passiert ist, so erleichtert war ich auch. Auf einmal mußte ich nicht mehr nach der Arbeit jede freie Minute damit verbringen, Clubs anzurufen und Plattenfirmen in den Ohren liegen und für die Band arbeiten. Ihr habt ja keine Ahnung, wie anstrengend das ist, immer auf die Kleinigkeiten zu achten, Termine einzuhalten, und dann der ständige Ärger mit Clubmanagern wegen dem Geld. Das hat mich nicht nur genervt, sondern auch meine freie Zeit aufgefressen. Eines Morgens wachte ich dann auf und sagte mir: ‚Du kannst froh sein, daß du das nicht mehr machen mußt.'"

„Aber wo sollen wir denn jetzt einen anderen Manager hernehmen?" fragte Karl.

„Ach, ich glaube nicht, daß es für euch ein Problem sein wird, einen neuen Manager zu kriegen", meinte seine Mutter. „Und einen guten. Einer, der sich wirklich in dem Geschäft auskennt. Ihr habt jetzt eine ziemlich harte Zeit hinter euch. Eine Menge anderer Bands, die dasselbe durchgemacht hätten, hätten einfach aufgegeben. Ihr aber seid dabeigeblieben. Und das will was heißen. Das heißt eine ganze Menge. Ihr habt einen langen Weg vor euch, und ich meine, ihr braucht jemand mit einem guten Geschäftssinn und viel Erfahrung."

Sie sahen einander an. War das jetzt gut oder schlecht? Alle blickten etwas verwirrt drein. Gary faßte sich als erster. „Aber wir wollen Sie nicht verlieren!"

„Ich habe nicht die Absicht verlorenzugehen", lachte Mrs. Roesch. „Was mich betrifft, bin ich immer noch die Mutter eures Schlagzeugers. Und dann seid ihr ja noch nicht mal alt genug, einen Transporter zu mieten. Wenn ihr also wollt, mache ich für euch den Fahrer!"

„Na sicher", sagte Karl. „Das wäre toll, Mam!"

„Könnten Sie denn nicht wenigstens als Übergang unser Manager sein, so lange, bis wir einen neuen haben?" fragte Gary.

Mrs. Roesch seufzte. „Meint ihr wirklich, ihr braucht einen Übergangsmanager?" fragte sie.

„Unbedingt", sagte Oscar. „Zum Beispiel brauchen wir jemanden, der uns daran erinnert, daß wir jetzt bald mal dort rauf in den zweiten Balkon müssen, weil die uns sonst nämlich vergessen."

„Na gut", sagte Mrs. Roesch. „Als euer Fahrer und Manager wäre mein erster Vorschlag, daß ihr die Beine in die Hand nehmt und zum zweiten Balkon hinaufgeht und mit den Leuten von Multigram Records redet, bevor sie ungeduldig werden."

Der Tisch von Multigram im zweiten Balkon stand voller Gläser, Flaschen und überquellender Aschenbecher. Über ein Dutzend Leute – Frauen, Männer, alle sehr schick gekleidet – saßen laut redend um den Tisch und schienen sich köstlich zu amüsieren.

Als Gary und die anderen hereinkamen, stand Rick Jones auf. „Das war ganz toll, echt wahnsinnig", sagte er und schlug Gary und Oscar auf die Schulter. „Kommt mal her, ich möchte euch unserem Direktor für Talentförderung vorstellen!"

Jones führte sie um den Tisch herum zu einem Mann mit recht kurzen Haaren, der einen dunklen Geschäftsanzug trug. Er entsprach gewiß nicht Garys Vorstellungen von einem leitenden Angestellten in einer Plattenfirma. Er sah eher wie ein Anwalt aus.

„Das ist Hank Finney", erklärte Jones der Band. Dann

wandte er sich Finney zu und sagte: „Hank, ich glaube wirklich, die Jungs hier sind 'ne Wucht. Möglicherweise meine beste Entdeckung seit dem Frenetic Motormouth Orchestra."

Finney nickte und wandte sich zur Band: „Habt ihr Verpflichtungen irgendwelcher Art anderen Plattengesellschaften gegenüber?"

„Nein, sie sind frei", sagte Mrs. Roesch hinter ihnen.

Finney sagte noch etwas, was Gary nicht verstand. Da bemerkte er zwei Mädchen, die dabeistanden. Das konnte doch nicht wahr sein. Allison und Tina? Sein Blick pendelte zwischen Finney und den Mädchen hin und her. Was wurde hier gespielt?"

„Wir bemühen uns, neue Talente zu entdecken und zu fördern", sagte Finney. Gary starrte weiter die Mädchen an. Was machten die hier? Wie haben sie davon erfahren? Er konnte es nicht erwarten, mit ihnen zu reden. Tina und Allison sahen zu ihm hin und kicherten.

„Ich glaube, wir sind alle der Meinung", sagte Finney, „daß wir später darüber reden sollten. Vielleicht nächste Woche."

„Damit sind sie sicher einverstanden", sagte Jones eifrig. „Stimmt's?"

Sie nickten. Es schien, als wäre die Sache damit für Finney erledigt, aber Jones stellte sie jetzt einer etwas rundlichen Frau vor, die ein Glas Wein in der Hand hielt. „So, und das ist unsere Werbedirektorin!"

Gary verdrückte sich und ging zu Allison und Tina hinüber.

„Was macht ihr denn hier?" flüsterte er ihnen zu.

„Wir wollten euch spielen hören", sagte Tina.

„Aber woher wußtet ihr...?" fragte Gary und schaute Allison und Tina abwechselnd an. „Wir haben es doch selbst erst heute nachmittag erfahren!"

Die Mädchen sahen einander an und kicherten.

Plötzlich fiel es Gary wie Schuppen von den Augen. „Moment mal!" sagte er und starrte Allison an. „Der Freund deines Vaters. Der Präsident von Multigram!"

„Er hat nur jemanden gebeten, sich eure Single anzuhören", sagte Allison.

„Ist ja unglaublich!" rief Gary. „Du steckst also dahinter?"

„Ist sie nicht wunderbar?" sagte Tina.

„Laß das, Tina", meinte Allison, aber sie lächelte. „Nicht ich, sondern mein Vater war's. Ich hatte das mit seinem Freund bei Multigram sogar schon wieder vergessen."

„Unglaublich", murmelte Gary.

Inzwischen hatten auch die anderen sie entdeckt.

„Hey, was macht ihr denn hier?" fragte Karl.

„Wir hängen nur so rum", lachte Tina.

„Leute", rief Gary, „ich glaube, ich weiß jetzt, wer die gute Rockfee ist!"

„Wovon redet er?" fragte Oscar.

„Sie, das heißt, er, ist etwa eins neunzig groß", sagte Gary, „wiegt etwa zwei Zentner und ist Teilhaber der Anwaltskanzlei Ollquist, Sloan und Barnes."

„Geht's dir noch gut?" fragte Susan.

„Er ist auch der Vater dieses Supermädchens", sagte Gary und nahm Allison in die Arme.

„Gary, nicht!" Allison unternahm einen schwachen Versuch, sich zu befreien.

„Jetzt kommen wir zum sentimentalen Teil des Abends", stöhnte Karl.

„Sauber, sauber", sagte Tina.

„Kindisch", meinte Oscar.

Gary hielt Allison umschlungen. Es war ihm gleich, was sie sagten.

Die anderen wandten sich ab, um sie allein zu lassen. Gary hörte, wie Jones irgendwo im Hintergrund mit der großen Entdeckung angab, die er gemacht hatte. Dann gib mal schön an, dachte Gary. Es ging voran bei ihnen. Alles andere war unwichtig.

Die Songs in Deutsch

S. 39 *„Ich steh auf meine Tagesmutter,*
Wenn sie da ist, ist alles in Butter.
Mit vier hab ich mich in sie verknallt.
Sag was du willst, mit der werd ich alt."

S. 40 *„Denn sie is meine Tagesmutter, o yeah .*
Sie is meine Tagesmutter, oh, oh.
Und bin ich auch neunzehn,
Es ist wunderschön
Mit meiner Tages-Tagesmutter."

„Acht Mäuse die Stunde, mehr will sie nicht.
Wir glotzen TeVau bei Kerzenlicht.
Wen juckt's, kommen die Alten mal früher heim,
Bin schon lang ausgezogen. Jetzt leb ich allein
Mit meiner Tagesmutter."

S. 69 *„Du machst 'ne Fete, ist alles sehr öde.*
Keiner will tanzen, die Musik ist blöde.
Dann dreh doch den Saft auf, mach die Ohren kirre.
Bis alle aufstehn und rocken wie irre."

S. 67/ *„Gib Power! Gib Power!*
68 *Den Teppich raus, ich sag's!*
Gib Power! Gib Power!
Der Nachbar kriegt Ohropax!
Gib Power!
Gib Power!
Es gibt heut kein zu laut!
Gib Power! Gib Power!
Dreh die Anlage voll auf!"

S. 68 *„Du bist auf der Autobahn,*
Kilometerlanger Stau.
Jetzt dreh bloß nicht ab,
Das Leben ist manchmal rauh.
Dreh lieber das Radio an
Und hör, wie die Musik fetzt.
Bald ist dir alles egal,
auch wenn du 'ne Woche hier sitzt."

S. 68/ *„Gib Power! Gib Power!*
69 *Die Boxen wimmern mit.*
Gib Power! Gib Power!
Der Sound geht ab wie Dynamit.
Gib Power! Gib Power!
Deine Freundin wartet stundenlang.
Gib Power! Gib Power!
Hol dir die Mädchen vom Auto nebenan."

S. 69 *„Allein zu Haus*
Keine Freunde in Sicht.
Die Alten sind aus,
Kommen erst spät zurück.
Du schnappst dir die Klampfe
Und tobst darauf rum.
Und auf einmal ist der Sound da
Und du weißt nicht warum.

S. 69/ *Gib Power! Gib Power!*
70 *Der Rock fährt dir in die Zehen.*
Gib Power! Gib Power!
Wer weiß, wie weit wird's noch gehen.
Gib Power! Gib Power!
Was Sache ist, Leute, weiß jeder genau.
Gib Power! Gib Power!
JE LAUTER, JE BESSER,
 gib Power WIE DIE SAU!"

S. 70 „*Gib Power! Gib Power!*
Dreh den Baß auf.
Gib Power! Gib Power!
Schieß mich ins All rauf.
Gib Power! Gib Power!
Wir schlaffen nicht ab.
Gib Power! Gib Power!
Wir drehen das Volume auf bis ins Grab."

S. 147 „*Er geht zur Schule, andauernd Unterricht,*
Hebt nie die Hand, zu sagen hat er nichts.
Er will raus hier, kriegt langsam schon Falten.
Es ist zum Kotzen, es bleibt alles beim alten."

„*Er muß raus hier, muß endlich weg.*
Den täglichen Frust, den hat er dick.
Wo kann er bloß endlich selber was schalten?
Es ist zum Kotzen, es bleibt alles beim alten."

„*Zu Haus dicke Luft, die Eltern ham Krach.*
Er rennt in McDonald's Nacht für Nacht.
ausziehn wär toll, es gibt fast kein Halten,
Doch es ist zum Kotzen, es bleibt alles beim alten."

S. 148 „*Er muß hier raus, muß endlich weg da.*
Ganz egal wohin in den Vau Ess von A.
Noch ein Ton, und ihr könnt mich nicht halten.
Es ist zum Kotzen, es bleibt alles beim alten."

„*Seine Freundin, die jobbt nach der Schule.*
Wann soll er sie sehen, ihr Boss macht Bambule.
Nachts darf sie nicht raus wegen ihren Alten.
Es ist zum Kotzen, es bleibt alles beim alten."

„Muß raus hier, ej, muß endlich hier weg,
Die Kurve kratzen, in irgendein Versteck.
Die Sterne am Himmel, die könnt ihr behalten.
Es ist zum Kotzen, es bleibt alles beim alten."

„Er kriegt noch kein Auto, und das Fahrrad lahmt.
Die Bullen schrein: ‚Hier wird nicht getrampt!'
Nicht links, nicht rechts, kann sich nicht entfalten.
Es ist zum Kotzen, es bleibt alles beim alten."

„Er muß hier raus, muß endlich weg da.
Ganz egal wohin in den Vau Ess von A.
Noch ein Ton, und ihr könnt mich nicht halten.
Es ist zum Kotzen, es bleibt alles beim alten."

S. 173 *„Ich brauch 'ne Rock, Rock, Rocktherapie.*
Ich brauch 'ne Rock, Rock, Rocktherapie.
Verschont mich mit eurer Gehirnchirurgie.
Ich brauch 'ne Rock, Rock, Rocktherapie."

S. 174 *„Du rufst die Firma an, sie rufen nicht zurück,*
Das Demo ist weg – 'n starkes Stück.
Du kriegst die Wut, schreist, was das soll;
Ja, das sind die Bremser im Rock and Roll."

„Ja, das sind die Bremser im Rock and Roll,
Ja, das sind die Bremser im Rock and Roll,
Du wirst gelinkt wie der letzte Proll.
Von den coolen Bremsern im Rock and Roll."

S. 175 *„Du klopfst an Türen, die Knöchel werden wund.*
Du bittest und bettelst wie ein Hund.
Du drohst und jammerst und jaulst und johlst,
Aber die hören dich nicht im Rock and Roll."

S. 175   *„Du hast die Musik, aber nichts zu fressen.*
Du spielst schon in der U-Bahn wie besessen.
Du gehst auf 'm Zahnfleisch,
  spielst nur noch in Moll.
Doch es gibt kein Sozialamt im Rock and Roll."

„Du hetzt durchs Leben, gehst bald am Stock.
Nur einen Wunsch hast du – es bringen im Rock.
Du liebst die Musik, doch sie fordert dich voll,
Aber so ist das Leben im Rock and Roll."

„Seit zwanzig Jahren die gleiche Leier,
Und jeden Tag 'n Tritt in die Eier.
In zwanzig Jahren vielleicht kriegst du den Soul.
Nichts fällt dir in 'n Schoß im Rock and Roll."

S. 176   *„Es ist knallhart im Rock and Roll.*
Die machen dich alle im Rock and Roll.
Denn das Business macht alles zum eigenen Wohl,
Und das ist die Bremse im Rock and Roll."

Alle Titel der Edition Pestum auf einen Blick!

Karlhans Frank	Fliegen soll er wie ein Drache
Karlhans Frank (Hrsg.)	Hütet den Regenbogen
Herbert Friedmann	Herbst-Blues
Els de Groen	Die andere Seite der Straße
Rudolf Herfurtner	Brennende Gitarre
Rudolf Herfurtner	Hinter dem Paradies
Elvira Hoffmann	Ausstieg verpaßt
Ilse Kleberger	Die Nachtstimme
Norgard Kohlhagen	Purpurrote Schattenspiele
Michail Krausnick	Im Schatten der Wolke
Michail Krausnick	Lautlos kommt der Tod
Lise Loewenthal	Shalom, Ruth, Shalom

Nanata Mawatani	Wo der Adler fliegt
Uwe Natus	Kopflos
Jo Pestum	Zeit der Träume
Jo Pestum (Hrsg.)	Nicht mehr allein sein
Otti Pfeiffer	Zeit, die durch die Sanduhr läuft
Morton Rhue	Gib Power!
Wolfgang Schiffer (Hrsg.)	Heimat und Geschwindigkeit Junge Lyrik
Folke Tegetthoff	Das Paradies in der Wüste Märchenbriefe
Tonny Vos-Dahmen von Buchholz	Der Duft von wildem Lavendel
Helmut Walbert	Außer Sicht
Renate Welsh	Das Leben leben

NORGARD KOHLHAGEN

Purpurrote Schattenspiele

Von außen gesehen ist sie ein Typ wie aus dem Magazin für die moderne Frau: jung und selbstbewußt, tüchtig als Journalistin, unabhängig und emanzipiert. Doch als die Bilder der Vergangenheit wie ein Film in ihrem Kopf ablaufen, sieht sie plötzlich schärfer. Sieht sich als Kind mit all den Ängsten und Erwartungen, sieht die Zeit in Elternhaus, Schule und Kirche mit ihren Zwängen, sieht sich, wie sie eine Frau wurde. Und da begreift sie, daß sie raus muß aus dem angepaßten Rollenspiel des Alltags, daß sie einen eigenen klaren Schatten werfen muß. Sie weiß, daß sie auf der Suche ist nach einem neuen Traum.